春恋

君とわたしの７日間

蒼山皆水／小鳥居ほたる／櫻 いいよ／汐見夏衛／望月くらげ

角川文庫
24134

Contents

恋だと
知ってしまった
蒼山皆水

蒼山皆水（あおやま・みなみ）
埼玉県出身。「カクヨム×魔法のiらんどコンテスト」特別賞を受賞し、二〇二〇年、『もう一度人生をやり直したとしても、また君を好きになる。』でデビュー。その他の著書に『君との終わりは見えなくていい』『満月がこの恋を消したとしても』などがある。

1日目

窓越しに、風に揺れる桜の木が見えた。

三月も下旬に差し掛かり、気温も上がってきた。昼下がりは少し暑いと感じるくらいに、春が近づいてきている。もうすぐ、桜の開花シーズンだ。

つぼみの先端から、淡いピンク色の花びらが顔をのぞかせている。

「で、相談って、何？」

クラスメイトの男子——園原慎（そのはらしん）が私に尋ねた。男子にしては少し高めの、優しい声が鼓膜を震わせる。黒縁メガネの奥からのぞく瞳（ひとみ）は、私を真っ直ぐに捉（とら）えていた。

三学期の終業式が終わってから、三十分ほどが経っている。

昼過ぎの教室には、私——横山紗月（よこやまさつき）と彼以外に誰もいない。

「えっと……突然で驚くかもなんだけど——」

不安と緊張を感じながら、私は口を開く。

「一週間だけ、彼氏になってくれない？」

速まる心臓の鼓動を必死で抑えながら、私は言葉にした。

「……え？」

園原は怪訝な表情で私を見る。

うん。そうなるよね。

もちろん、意味のわからないことを言っている自覚はあるので、私は説明を始める。

「実はね――」


ことの発端は三日前だった。

「ただいま～」

午後六時。ソファでテレビを観ていたとき、母が仕事から帰宅した。

「お帰り。お風呂掃除と洗い物しといたよ」

学期末テストも終わって、時間には余裕がある。

「ありがとー。紗月マジ天才。愛してる」

「はいはい」

私は適当に受け流す。いちいち構っていたらきりがない。

ショップ店員をしている私の母は、とても若い。少なくとも、四十歳には見えない。

さらに言葉遣いまで若者っぽい。若い人たちの中で働いているからかもしれない。しかも、常に明るくて陽気だ。たまにうっとうしいくらいに。

「どうしてこんないい子なんだろ。親の育て方が良かったからかな～」

「うん。きっとそうだと思うよ」

　これも受け流す。

「あ、そうだ紗月。今度、杏李ちゃんが泊まりに来るから」

「はぁ？」

　これは受け流せずに、つい大きな声が出てしまう。

「ちょっと待って。聞いてない。いつ？」

「今初めて言ったからね。来週の火曜日から木曜日の三日間」

「うえっ⁉　もうすぐじゃん！」

　母は良くも悪くも適当だ。几帳面な父から、たまにそのことを注意されて喧嘩になる。

「別に、知らない人が来るわけじゃないんだし、大丈夫でしょ」

「そうだけど……」

　杏李――漆畑杏李というのは、私のいとこだ。

　母の姉の娘で、私と同じ高校一年生。ここからは電車で三時間ほどの場所に住んでいる。

　小さい頃は仲良く遊んでいたけれど、中学校に上がるちょっと前くらいから、私たちの関係性は変わり始めた。

　杏李は私のことを、なぜか敵視している。

　きっかけは、おそらく小学六年生のお正月だ。

　親戚（しんせき）の集まりがあったときに、私はよく知らないおじさん三人組から褒められた。

「紗月ちゃんは愛想が良くて可愛いね」「大人しいから、きっとすぐにお嫁にいけるね」「きっと、いい奥さんになるぞ」

　たしかそんな感じだ。いかにもひと昔前の男性が言いそうなことだった。そのときは単純に褒められて嬉（うれ）しかったが、今思い出すと、かなり失礼なことを言われているな……と感じる。本人たちに悪気はないのだろうけど。

　残念ながら、私は大人しいわけではない。ちょっと人見知りなだけだ。何回か話せば、普通にコミュニケーションを取れるけど、初めて会う人や、たまにしか話さない人とは、どうしても上手（うま）く話せないのだ。一年に一回会うか会わないかの親戚は、まさにその対象だった。

　そして、杏李は私に比べると、人見知りをしない女の子だった。

　頭の回転も速く、大人顔負けの発言をしたり、鋭い指摘をしたりする。

　良く言えば、聡明（そうめい）で怖いもの知らず。

　悪く言えば、生意気で可愛げがない。

そんな杏李は、私が褒められたときに隣にいた。私のことを褒めたおじさんたちも、別に、杏李に聞かせようと思っていたわけではないのだろう。

私と杏李。どちらが優れているとか劣っているとか、そういったことは関係なく、ただ私の方が親戚のおじさんに可愛がられやすいタイプだっただけだ。

しかし、杏李の見解は違っていた。私が褒められたことが気に食わなかったらしい。

「でも、私の方が紗月よりも頭が良い」というようなことを、杏李は主張し始めた。

たしかにそれは事実だったけれど、わざわざ持ち出すことはないじゃないか、という気持ちになった。

可愛らしい小学六年生の自己主張に、おじさんたちはニコニコして対応した。

酔っ払っていたおじさんたちに「杏李ちゃんは、将来は学者さんだね」「美人で頭も良いなんて、すごいな」などと褒められて、彼女は満足そうにしていた。

それ以来、ことあるごとに、杏李は私に対して敵対心をむき出しにしてくるようになったのだ。

杏李は私に会うたびに、いちいち知識をひけらかしてきたり、テストの点数を遠回しに自慢してきたりする。

最近は、駅前を歩いていたらスカウトされたというようなことも言っていた。

たしかに、彼女は整った容姿をしている。涼しげな目元に、すっと通った鼻筋。サラサラの黒髪は枝毛なんて一本もなさそうだ。悔しいけれど、美人と認めざるを得ない。

杏李からの敵意をひしひしと感じているうちに、私の方も杏李のことを意識するようになった。ほんのちょっとだけど。

とはいえ、頭の良さや外見では杏李にとても敵わない。私が勝てるのは、友達の多さくらいだろう。クラスメイトと遊びに行ったときの写真を見せたりして、こんなに楽しい学校生活を送っているんだということをアピールするしかなかった。

私も杏李も、負けず嫌いなところは似ていた。

犬猿の仲と呼ぶほどでもないけれど、ライバルと表現するには少し爽やかすぎる。

私と杏李は、そういう関係だった。

部屋に戻ると、タイミングを見計らったように、杏李から電話がかかってきた。

「なんの用？」

ちょっとだけ不機嫌さをにじませた声で私は応答した。これくらいで杏李がひるむわけがない。

それも、ある意味では信頼と呼べるものなのかもしれない、などと、くだらないことを考える。

〈紗月、久しぶり〜。来週、泊まりに行くから。よろしくね〉

「さっきお母さんから聞いた。何しに来んの？」

　つい、とげとげした声が出てしまう。

〈だってほら、私たち、もうすぐ二年生なんだし。そろそろ進路のこと考えなきゃいけないでしょ。大学の見学に行きたいな〜って思って。あれ、もしかして紗月、まだ進学か就職かも決めてなかったりする？〉

　嬉しそうに目を細める杏李の姿が脳裏に浮かんだ。

　杏李は、地元が違う私でも知っているような、有名進学校に通っていた。それに対して、私は偏差値五十くらいの公立高校だ。

「そんなことないし。ちゃんと行きたい大学くらいあるから。清蘭(せいらん)大とか、明央(めいおう)女子大とか」

　なんとなく進学するか……くらいに思っていたので、少し焦りつつ、有名な大学の名前を出しておく。それらの大学が、どこにあるのかも、どのくらいの難易度なのかもわかっていないけど。

　杏李に煽(あお)られると、ついつい私も言い返してしまうのだ。

〈そうだよね〜。なら、受験の勉強とかもそろそろ始めてる感じ？〉

「まあね。私は杏李よりも頭が悪いから、早めにやっとかないといけないし」

何か言われる前に自分から下手に出ておくというテクニックは、最近身につけた。ちなみに、受験勉強なんてまったくしていない。学校の授業についていくだけで精いっぱいだ。

〈そんなことないよ〜。この前の模試だって、明央女子はB判定しか取れなかったんだから〉

「へぇ。それってすごいことなんじゃない？」

私は模試すら受けていないので、B判定というのがどのくらいすごいことかはわからないけれど、それなりの結果を出したことを、あたかも失敗談として話すことで遠回しに自慢してくるのが、杏李の常とう手段だ。

〈え〜、全然だよ〜。まあ、塾に通ってないにしては、それなりに頑張った方かもしれないけどね〉

これは謙遜ではなく、ただのマウントである。付き合いの長い私は確信していた。どうにかして黙らせたい。私が大人の対応をすれば解決する話なのだが、やっぱりムカつく。

〈ってわけで、毎年、何回かは顔を合わせる相手なのだ。来週はよろしくね。楽しみにしてるから〉

「私は別に、楽しみにしてないけど」

〈そんなこと言わないでよ～。紗月は心が狭いなぁ〉

ギスギスした空気が、電波に乗って私たちの間を行き来する。

「はぁ。せっかくの春休みなのに……」

わざとらしくぼやく。ちょっと冷たすぎただろうかと心配になったけれど、まったくそんなことはなかったらしい。

〈あ、でも私も、三日間も彼氏と会えなくなるのはちょっと寂しいかな……〉

「彼氏って？」

反射的に聞いてしまう。杏李はこういう誘導がとても上手い。もしくは、私がとても単純。

〈あれ？　言ってなかったっけ？〉

杏李はわざとらしくとぼけたような声を出す。

〈私、彼氏できたんだよね。先月、告られて付き合うことになったんだ。同じ高校の、バスケ部の人。身長めっちゃ高いの〉

興味ないんだけど……なんて言ってしまいそうになるが、それだとなんだか負けた気がしてしまう。それに、私だって恋愛の話には興味がないわけではない。

なんとかこらえて「へぇ。杏李の彼氏ってことは、きっとすごく格好良いんだろうなぁ」なんて、思ってもいないことを適当に言っておく。

〈まあ、格好良い方ではあるかな。毎日のように電話かけてくるから、ちょっとウザいけど〉

杏李は心底誇らしげに言った。

「ふーん」

劣等感にも似た、黒いモヤモヤしたものが胸の中を漂っている。

勉強では勝てないかもしれないけど、学校生活は私の方が充実していると思っていたのに……。

もちろん、恋愛だけが青春ではない。だけどやっぱり、恋人の有無というのは高校生としてのステータスに如実に関わってくる。

私がリードしていたと思っていた分野で先を越されたことによるダメージは、思いのほか大きかった。

それに、杏李の愚痴に見せかけた自慢を冷静に流せるほど、私は大人ではなかった。

つまり、このときの私はどうかしていたのだ。

〈ところで、紗月は彼氏とかいないの?〉

どうせいないでしょ、という心の声が漏れている声音だった。

お察しの通り、私に付き合っている人はいない。

それなのに——。

「あ、うん。実は、私も彼氏できたんだ。えっと、もうすぐ三ヶ月くらい経つかな」

気づいたら、そんなことを口走ってしまっていた。

〈あ……そうなんだ〉

杏李の声が勢いを失う。

ちょっとスカッとした。

しかし、それも一瞬のことだ。

〈じゃあさ、私が行くときに会わせてよ！〉と言い出した杏李に、私もなぜか「いいよー。なんなら、一緒に遊び行く？」なんて答えてしまう。

売り言葉に買い言葉……はちょっと違うか。

〈それいいじゃん。紗月の彼氏と会えるの、楽しみだな～〉

純粋に楽しみにしているようにも、煽っているようにも聞こえるような口調で杏李は言った。

「うん。楽しみにしてて。お風呂入りたいから、そろそろ切るね」

これ以上、余計なことを言ってしまわないように、私は通話を終わらせる。

「……うわぁ。どうしよう……」

私は頭を抱えて、ゆっくりとベッドに倒れ込む。

杏李が泊まりに来るまでに彼氏を作るか、正直に打ち明けて惨めな姿をさらすか、選ばないといけなくなった。

ここで後者を選べるような人間であれば、彼氏がいるなんて見栄を張らずに済んでいただろう。

つまり私は、来週までに彼氏を作らなくてはならない。

大変なことになってしまった。

そして、数分考えてたどり着いたのが、ニセモノの彼氏を用意するという作戦だった。

世の中にはレンタル彼氏というものがあるらしいのだが、さすがに知らない人間を恋人として紹介するのは気が引けるし、お金だってかかる。

だから、仲の良い男子に頼むことにした。

園原慎。

クラスメイトの彼とは、高校に入って最初の席替えで隣になり、よく話すようになった。

いつもニコニコしていて、友人は多め。自分の意見をあまり言わず、周りに流されるタイプ。損な役回りを押し付けられることも多々あり、そういうシーンを見ると、なぜかこっちがイライラする。

でも、ガサツな男子たちとは違って、穏やかで優しくて、気配りができる。そういうところはちょっといいなぁと思う。……ほんのちょっとだけど。

素行も良くて優等生。顔立ちもよく見れば整っているし、身長だって高いので、きっと杏李の彼氏にも見劣りしないだろう。

口も堅そうで信頼できるし、他に頼めそうな人もいない。

というわけで、園原に頼むことにしたのだが、正直、緊張していた。本当に告白をするわけでもないのに……。

でも、授業のノートを見せてくれと頼むのとはわけが違う。

本当は彼氏なんていない。

そう正直に告白したら、杏李はどういう反応をするだろう。

憐れむだろうか。それとも、勝ち誇るだろうか。

……どちらにしろ嫌だった。

少しだけ不純な気持ちを原動力にして、私は園原を呼び出し、彼氏役を頼んだのだった。

「そういうことか。いったい何事かと思ったよ」

私の話を聞いた園原は、いつものにこやかな笑顔を浮かべてそう言った。

「いきなりでホントごめん。でも、今さら彼氏がいないなんて言えなくて……。だから、お願い！」

両手を合わせて、拝むように頭を下げる。

「横山って、結構意地っ張りなところあるよね」

他の人に言われたらたぶんむきになって否定するけれど、園原に言われるのは、なぜか嫌ではない。けれどなんだかくすぐったくって、私は急かす。

「で、どう？　引き受けてくれる？」

「うん。いいよ」

「え、いいの⁉」

思ったよりもすんなり引き受けてくれたことに安堵して、肩の力が抜けた。

でも――きっと他の女子に頼まれても、園原は笑顔で引き受けるんだろうな……。

勝手に想像して、なんだか寂しくなった。情緒不安定なのはどうしてだろう。

とはいえ、これで杏李に見下されずにすみそうだ。

「マジで助かる……。なんかおごるわ。高級なものでなければ」

快く引き受けてくれたとはいえ、何かお礼はすべきだろう。

「じゃあ、今からお昼でも食べながら作戦会議する？」

園原は控えめに尋ねてきた。

時刻は午後十二時を少し回ったところ。今日は終業式があったので、授業などはない。

「作戦会議？」

「だって、そのいとこの人と一緒に出かけるんでしょ。当日、いきなり会うってなると、ボロが出ると思うよ」

「あ、そっか」

園原の言う通りだ。ニセモノの彼氏を引き受けてくれて安心していたけれど、三ヶ月も付き合っていることにしてしまったのだ。ただ会わせるだけでは、杏李はきっと満足しない。色々と聞いてくるはずである。


作戦会議をするために、私たちは駅前のファミレスに来た。

思えば、園原と学校の外で二人きりになるのは初めてかもしれない。なんてことを考えて、少しの緊張感を抱えながら席に着く。

パスタとドリンクバーを注文し、私たちは作戦会議を始めた。なんだか、ちょっとワクワクもしてきた。

「とりあえず、設定を決めようか。口裏を合わせなきゃいけないからね」

オレンジジュースをひと口飲んで、園原が言った。

「うん。クラスメイトってところはそのままでいいと思うけど、どうやって付き合い始めたのかとか、そういうところは必要だよね」

「そうだね。じゃあ、こういうのはどう？　去年の夏くらいに――」

してもいない恋愛の話を一から創り上げていく作業は、最初の方はちょっとくすぐったかったけれど、一周回って面白くなってきた。

心を許せる友人が相手だからというのもあるのだろう。

二人で考えた設定は、こんな感じ。

私と園原は、席替えをきっかけに仲良くなった。よく話すようになり、去年の夏くらいから、お互いにちょっといいなと思っていた。学校にいるときに話すだけでなく、メッセージのやり取りをするようになって、そのうち、二人で出かけるようになる。

告白は園原から。クリスマスに映画を観に行って、その帰りにイルミネーションを眺めながら。

いかにもありそうな話で、特に違和感もない。

それに、全部が全部、嘘というわけでもなかった。席替えで隣になったのは本当のことだし、よく話すのも本当だ。メッセージのやり取りはしないし、二人で出かけたりもしないけれど。

それにしても、告白かぁ……。

実際にその場面を想像してみる。

クリスマスデート。イルミネーションの前で、真剣な表情で気持ちを伝えてくれる園原。私は、彼の告白にうなずいて――。

「横山、なんか顔赤くない？　大丈夫？」

園原の呼びかけで我に返る。

「なっ、なんでもない！　ごめん。ちょっとボーっとしてただけ」

実際にその場面を想像していたなんて、口が裂けても言えない。

「そうだ。呼び方とかも変えた方がいいかな」

たしかに、付き合っているのであれば、下の名前で呼び合うカップルが多数派だろう。今みたいに苗字(みょうじ)で呼び合っていたら、杏李に疑われるかもしれない。

「うん。その方がカレカノっぽいよね」

なんて、何気なく同意したのだが……実際に名前を呼ぶのは、かなり恥ずかしいのでは？

「そうだね。じゃあ――」

しかし、園原は私の目を真っ直ぐに見て。

「紗月」

私の名前を呼んだ。

思わず体をのけぞらせそうになった。

引きかけていた熱が、一気に顔に集まってくる。

「はは……なんか、めっちゃ違和感あるね」

私は笑ってごまかすことしかできなかった。

男子に名前を呼ばれるのなんて、いつぶりだろう……。

「そう？　俺は結構しっくりきたけど」

園原は余裕の表情で。

「ほら、紗月も」

と、私を促してくる。

どうしてか、彼の瞳から目を離せなかった。

やっぱり、苗字のままでもいいんじゃない？　なんて言い出せる空気でもなく。

「えっと……慎」

うわぁ……なんだこれ。すごく恥ずかしい……。

観念して、小声で彼の名前を口にする。

「うん。いいね。じゃあ、今日からそれでいこう」

園原の優しい笑みに、首から上だけでなく、体までポカポカしてくる。

というか、〝今日から〟って？　ニセモノの恋人期間が終わった後もってこと？

まあ、別にそっちがそれでいいなら、私もいいけど……。恋人じゃなくたって、名前で呼び合う男女はいる。でも、周りはどう思うだろうか。付き合ってるって勘違いされるかもしれない。園原は迷惑だと思うのではないだろうか。私は……どうだろう。そんなに嫌じゃないかも——。

「ってか、このお店暑くない？」

私は考えるのを止めてブレザーを脱いだ。

「そうかな。俺はそんなに」

人の気も知らないで……などと、理不尽なことを思いつつ、私はサイダーを飲む。炭酸がシュワシュワと口の中で弾けた。

「あとは、お互いのことをもっと知っといた方がいいよね。血液型とか」

「あ、うん。私はA型」

「俺もA型。誕生日は、七月十三日」

「夏生まれなんだ。私は——」

「一月五日だっけ」

教える前に、園原は私の誕生日を言い当てた。

「え、なんで知ってんの？」

話したことあったっけ。

「前に一回聞いたことがあったから。ほら、冬休み中だから、友達に祝ってもらえない〜って言ってたとき」

言われてみれば、そんな会話をしたような気もする。

「あー、あったかも。よく覚えてたね」

記憶力がすごいなぁ。

「まあね。じゃあ、兄弟とかはいる？」

「私はお姉ちゃんが一人。そ……そっちは？」

園原、と言おうとして、名前で呼ぶことになったんだっけ……と気づくが、まだ恥ずかしくて、自然に呼ぶことができない。こんな調子で大丈夫だろうか。

「俺も姉が一人」

「へぇ。なんかそれっぽい」

なんとなくだけど、家での立場が弱そう。失礼なので口には出さないけど。

「よく言われる。得意科目は？　俺は社会」

「私は英語かな」

「あー、たしかに授業のとき発音良かったよね。俺、英語苦手なんだよなぁ。羨ましい……」

そんなふうに、質問をしてそれに答えるという会話を繰り返した。

園原の色々なことを知って、私も色々なことを知ってもらった。作戦会議云々は別にしても、彼とのやり取りは楽しかった。

「リハーサルとかもしておきたいよね」

会話が一段落したとき、園原がそんなことを言い出した。

「リハーサルって？」

「実際に出かけたときに、疑われないように。カレカノの練習……みたいな？」

そこまでする必要はないんじゃない？　とも思ったけれど……。

「うん。しよう、リハーサル」

私はそう答えていた。

やっぱり、杏李に紹介するときは最善の状態で臨みたいし……なんてのは、後づけの理由のような気もする。

単純に、園原と一緒にいるのが楽しいと、ほんのちょっとだけ、私は思い始めていた。

「明日……は、松永たちと遊ぶから……明後日は空いてる？」

「空いてるよ」

部活動も習い事もしていない私には、春休みの予定はなかった。

「じゃあ、明後日。駅前に一時でいい？」

「ん、それで大丈夫」

スムーズに予定が決まってしまった。

「楽しみにしてるね」

園原が浮かべた笑みに、私の心臓の鼓動が、また速くなる。

「……どうしよう」

私は自室のベッドに座って呟いた。三日前も同じ台詞を言った気がする。

色々な考えが、頭の中をぐるぐる回っていた。

意地を張って、杏李に「私も彼氏がいる」と嘘をついてしまった件は、園原のおかげでなんとかなりそうだ。

だけど、かえって悩み事が増えたようにも思う。

私はちょっと園原に甘えすぎなのではないだろうか。

ただでさえ無理なお願いをしているのに、園原は快く協力してくれている。その上、色々と先回りして心配もしてくれる。

つまり、何から何までお世話になってしまっていることに、私は引け目を感じていた。

迷路の正しい道筋を案内されているような感覚とでも言えばいいだろうか。

いや。園原も楽しそうにしていたから大丈夫なのかな……。

作戦会議やリハーサルも、向こうから言い出したことだし。

というか——園原と二人で出かけることになってしまった。

男子と二人きりで出かけたことなんてない私は、いくらニセモノのカップルの練習をするためとはいえ、そこそこ緊張していた。

待ち合わせは早めに着いておいた方がいいよね。

でも、どんな格好をすればいいのだろう。

園原は、デートとかしたことあるのかな。

彼女がいたこともあるのだろうか……。うん、ありそうだな。

私には関係ないのに、なんでそういうことを考えてしまうんだろう。

2日目

予定がなかった私は、朝からリビングのソファに寝転がってスマホをいじっていた。

家にいてもこのままダラダラしてしまうだけなので、外に出ることにする。

美容院に行って髪を切り、駅前のショッピングモールで服を買った。

ちょうど髪を切ろうと思っていたところだった。せっかくの春休みなので、少し冒険して、前からしてみたかったショートボブにする。新しい服だって、ずっと買いたいと思っていた。

別に、明日のデートのためではない。そもそも、デートじゃないし……。

でも、少しでも可愛い格好で出かけたいという気持ちが、正直ないわけではない。

単純に外出するからなのか、それとも園原と会うからなのかはわからないけれど。

この複雑な心境を、自分自身、上手く呑み込めずにいた。

夕方。ふと私は不安になる。

あれ……明日って、本当に出かけるんだよね。約束したよね。駅前に一時でいいんだよね。

記憶はあるものの、文章の形で残っていないので、それが本当に正しい記憶なのかわからない。

人間の脳は都合の良いように記憶を捻じ曲げてしまうことがあるって、ネットに書いてあったし……。

一応、園原に確認した方がいいかと思い、アプリを開いたその瞬間。

「明日はよろしく」

「予定通り、駅前に一時で大丈夫？」

と、彼からのメッセージが届いた。

「ぅわっ!」
思わずスマホを落としそうになる。
園原とのトーク画面を開いていたので、既読マークがついてしまった。早く返信しなければ……。
[ありがとー]
[ちょうど何時だっけって聞こうとひてた]
送ってから誤字に気づいて、慌てて訂正する。
[してた]
[駅前に一時で大丈夫だよ!]
ドクドクと脈打つ心臓の鼓動を感じながら、私はいつもよりもおぼつかない手つきでスマホを操作する。
彼も画面を開いたままだったらしく、すぐに返事をくれた。
[ならよかった]
[じゃあ、そういうことでよろしくね]
メッセージの後に、可愛い猫のゆるキャラが笑っているスタンプ。謎のチョイスだ。
その猫と同じように、柔らかく笑う園原を画面の向こうに想像して、胸の辺りが温かくなった。

3日目

待ち合わせ場所には三十分前に着いてしまった。別に、気合が入っているとかではない。人を待たせるのが嫌いなだけだ。

どこかカフェにでも入っていようかと思ったけれど、その必要はなかったみたいだ。

「お待たせ」

園原の声に振り返る。

彼の姿を見て、私は言葉を失った。

メガネがなかった。それだけで雰囲気が違うのに、細めの黒いパンツに丈の長い紺のジャケットという、大人っぽくてお洒落(しゃれ)な服を着こなしているから、声をかけてくれなかったら、たぶん気づかなかった。落ち着いた配色は、園原自身の持つ柔らかい空気にピッタリだ。身長が高いので、モデルと言われても信じてしまいそう。

いつもと違う園原は新鮮で、なんだかドキドキした。

というか、普通に格好良いじゃん……。メガネをかけてないことに気をとられていたけれど、センター分けの髪型も似合ってるし。

学校にもその格好で来たらモテそうだ。

いや、それは困るな……。

あれ、困る……？　どうして？

「紗月、どうかした？」

いけない。見とれてしまった……。

「あ、いや、メガネじゃないんだなーって」

感想がそれだけなのはいかがなものだろうか。もう少し、服装とかにも言及した方が良かったかも……などと考えていたことが、園原の次のひと言で全部吹き飛んだ。

「デートだし。ちょっとは格好つけようかなって思って」

「はぁっ!?」

思わず大きな声が出て、慌てて口を手で押さえる。

「紗月も、制服じゃないから新鮮だね。ってか、髪切ったんだ。すごく可愛い。服も似合ってるね」

呼ばれ慣れていない名前。待ち合わせというシチュエーション。わざとらしくない、自然な誉め言葉。

そんなの、ドキドキするに決まっている。

別に、今日のために切ったわけじゃないから。なんて、ツンデレ度百パーセントの発言をしそうになって思いとどまる。それじゃあまるで、本当に今日のために美容院に行ったみたいじゃないか。

「じゃあ、行こうか」

園原はそう言って、さりげなく車道側に回り込んで歩き出した。

どうしよう。園原が素敵な彼氏っぽい……。

男子と付き合ったことがない私には、比較対象なんていないけれど、少なくとも、恋人としてはかなり高得点なのではないだろうか。

「どう？　このくらいの距離感で大丈夫そう？」

歩きながら、園原は私の顔を覗（のぞ）き込む。

「ああ、うん。バッチリ」

と答えて、気持ちが少し沈んだ。

そうだ。今日はリハーサルなのだ。

園原はあくまで、私の彼氏を演じているだけだ。

だからきっと、さっきの『可愛い』も本音ではないし、私のことを、特別に大切にしてくれているわけでもない。わかりきっていたことだ。

……でも、それでどうして私の気持ちが沈んでいるんだろう。よくわからない。

まるで、園原の『可愛い』が本音で、私のことを大切にしてくれていたらよかったのに……って思っているみたいじゃないか。

そりゃ、可愛いって言われるのは嬉しいけど……。

園原にニセモノの彼氏を引き受けてもらってから、自分の感情がよくわからなくなってしまっている。

「これからどうしよっか。行きたいところとかある？」

「ん～……」

私は少し考える。観たい映画もあるし、カラオケやボウリングをしてスカッとしたい気分でもある。

行きたいところがないわけではないけれど、二人きりはやっぱり緊張する。

本当にデートをしに来たわけではない。あくまでリハーサルだ。勘違いしてはいけない。

「特にないかな。その辺、ぶらぶらしようよ」

結局、私はそう答えた。

「了解」

駅前には商業施設の立ち並ぶ通りがあるし、一本奥に入れば、散歩に適した道がある。

ただ歩くだけでも、十分リハーサルにはなるだろう。

歩きながら、園原が話題を供給してくれる。学校のことが中心で、クラスメイトの面白い話を披露しつつ、適度に質問を振ってくれた。会話が上手い。というか、気遣いができる。

雑談をしながら歩いていると、公園に止まっているキッチンカーが視界に入った。写真が大きく貼られていて、遠目からでもクレープを販売していることがわかった。

「うわ、美味しそう！」

キッチンカーに気づいた園原が立ち止まる。

「食べる？」

お昼は早めに食べたので、胃袋に余裕はあった。

「うん。行こ」

横に並んでキッチンカーの前に立ち、それぞれが注文する。

なんだか、本物のカップルみたいだ……なんて考えて、慌てて打ち消した。これはリハーサルだと自分に言い聞かせる。

公園内のベンチが空いていたので、私たちは座って食べ始めた。

私はキャラメルチョコレート味で、園原はいちご味。可愛いのを頼むんだな、と大人っぽい雰囲気とのギャップに、ちょっとおかしくなった。

「ん。美味しい」

園原はクレープを頬張りながら目を細めた。

「そのは……慎、すごい美味しそうに食べるじゃん」

また、園原と言ってしまいそうになって、今度はちゃんと名前を呼んだ。杏李と会うまでに自然に呼べるようにしなくては……。

「だって美味しいから。紗月もひと口いる？」

「いっ、要らないよ」

躊躇（ためら）いなくクレープを差し出す園原に、思わず強めに拒否してしまう。

「そっか」と、少ししょんぼりしたような声音に申し訳なくなり「味、混ざっちゃうし……」と、付け足しておく。

「そ……慎はクレープ好きなの？」

「うん。好きだよ」

心臓が大きく跳ねる。

今の『好き』は、私のことを言ったわけではない。それはわかっているけれど、満面の笑みでそんなことを言われたら、さすがにびっくりする。というか、好きかどうか聞いたのは私じゃん。ただの自滅じゃん……。

動揺している私には目もくれず、園原はクレープを食べ続ける。

私もクレープをひと口食べると、甘さが口の中に広がった。

なるべく園原を意識しないようにしながら、心臓の鼓動をなだめつつ、私はクレープを黙々と口に運び続けた。

「あ、見て見て！　あの犬、すごくない？」

クレープを食べ終えた園原の視線の先には、フリスビーを投げている青年と、そのフリスビーをものすごいスピードで追いかける犬がいた。

私も最後のひと欠片を口に入れて、犬の疾走を眺める。

「うわっ、すごい飛んだ！　今のジャンプすごくない？」

いつもよりも声が弾んでいる。どうやら、テンションが上がっているらしい。

「ふふっ、そうだね」

こんなにはしゃいでいる園原を見るのは初めてかもしれない。

学校では見ることができない姿を見ることができて、私は嬉しくなった。

それから一時間程度歩いて、解散となった。話は弾んだし、名前も自然に呼べるようになった。

あとは四日後、園原のことを彼氏として杏李に紹介するだけ。準備は万端だ。

設定もしっかり考えたし、リハーサルだってした。

恋人らしい距離感を、それなりに演出することができるだろう。

だから、もう心配事なんて何もないはずなのに……私の胸は、なぜかモヤモヤしていた。

4日目

私は朝から勉強していた。

母からは「え？　紗月、どうしたの？　熱でもある？　だいじょぶそ？」なんて言われた。酷い。

どうしてそんなことをしているのかというと、何かに集中していないと、ずっと園原のことを考えてしまうからだ。

今も、英語の問題を解く手を休めて、スマホに通知が届いていないかを確認してしまう。

昨日の夜、私は園原にメッセージを送ったのだが、それに返信がないのだ。

[今日は楽しかった！]

[ありがとね]

たれ目のたぬきのスタンプと一緒に送ったそのメッセージには、既読のマークがついている。それなのに園原からの返事はまだない。

もしかして、嫌われてしまったのだろうか。ブロックはされていないけれど、面倒だな、くらいは思われているかもしれない。

たしかに昨日の目的は、楽しむことではなく、あくまで杏李と会うときのためのリハーサルだ。せっかく協力してもらっているのに、楽しかったというのは違うような気もする。だけど、楽しかったのは事実だ。言われて悪い気はしないと思うんだけどなぁ……。

もしくは、彼の中では会話が終わっているという可能性もある。それならそれでいいのだけれど、ひと言くらい返してくれてもいいのになぁ……なんて思って、欲張りな自分が少しだけ嫌になる。

「はぁ～……」

長いため息は、行き場を失くしたみたいに漂って、空気中に溶けて消える。

今さらだけど、私はかなり大胆なことをしてしまったのではないだろうか……。

リハーサルという名目とはいえ、男子と二人で出かけるなんて、私にとっては大きなイベントだ。

というかそもそも、彼氏のフリを頼んでいる時点で、すごいことをしてしまっているような気がする。

だけど——園原と本当に付き合ったら、きっと幸せなんだろうな……なんてことまで考える。

園原は、どう思っているんだろう……。

今のところ、私が頼み込んで彼氏のフリをしてもらっているだけに過ぎない。

だから、園原の彼氏っぽい言動はすべて演技で、私自身に対するものではない。それで、なんの問題もないはずだ。

でも、そのことを残念に感じる私もいる。

なんだか変だ。自分が自分じゃないみたいに思えてきた。

園原のことをいったん頭から追い出して、無理やり問題集と向き合い、私はルーズリーフにペンを走らせる。

お昼過ぎに、やっと園原から返事が返ってきた。
［ごめん］
［返事するの忘れてた！］
嫌われていたわけではなかったことに安堵しつつ、忘れる程度のことだったんだ……と、ちょっぴりショックを受ける。
しかし――。
［俺も昨日は楽しかった！］

次に表示されたそんな言葉で、ショックは吹き飛んだ。

そっか。園原も楽しかったんだ……。

思わず頬が緩む。

［当日もよろしくね］

［こちらこそ］

そんなやり取りを交わして、会話は終わった。

スマホを両手で握りしめながら、画面上で踊るゆるキャラのスタンプを眺める。相変わらずチョイスが謎だけど、園原が送ってきたことを考えると、なんだか愛(いと)おしい。

彼の言動のひとつひとつに、こんなにも一喜一憂してしまうのは、どうしてなんだろう。

5日目

「杏李ちゃん、久しぶり～」

若者も顔負けの高い声を出す母の隣で、キャリーバッグを持った杏李を迎え入れる。

ちなみに、そんなに久しぶりというわけでもない。今年もお正月に会ったし。

「おばさん、こんにちは」

杏李は相変わらずの美少女だった。肌荒れも見当たらないし、服装も髪型も洗練されている。綺麗（きれい）でいるために、すごく努力しているんだろうな……ということがわかる。

私より頭が良いのも、綺麗なのも、杏李自身の頑張りがあってのことだ。

私は、杏李ほど頑張れていない。

杏李に抱く苛立（いらだ）ちは、彼女の態度が気に入らないのではなく、自分と彼女を比べたときの劣等感によるものといった方が正確なのかもしれない。

「これ、うちの親からです。三日間、お世話になります」

杏李はお菓子の入った紙袋を差し出し、母に向かって頭を下げる。

「そんなかしこまらなくて大丈夫よー。自分の家だと思っていいから」

「はい。ありがとうございます！」

杏李は基本的に礼儀正しい。性格が悪いわけでもない。

なぜか私に対して、敵対心をむき出しにしてくるだけだ。圧倒的に、杏李の方が上だと思うんだけどなぁ……。

杏李は私の隣の部屋に泊まることになった。ちょうど二年前、姉が大学進学のタイミングで一人暮らしを始めたため、空き部屋になっている。私はこっそり物置として利用していたりもしていた。

　来客用の布団を運び込むのを手伝うと、彼女はさっそく切り出した。

「明後日、紗月の彼氏と会えるの、楽しみにしてるから」

「うん。私も杏李に紹介できるの、すごく嬉しいな」

　何も知らない人が聞けば、ただのいとこ同士の仲良しな会話である。

　しかし、私たちにとっては宣戦布告以外の何ものでもなかった。


「ところで紗月は、彼氏と通話とかしないの？」

　夕食を食べ終えて、杏李が私に言った。

　母親には聞こえない小さな声。彼氏ができたことを、私がまだ母に秘密にしている可能性を考慮してくれたのだろう。そもそもが嘘だから、秘密とかじゃないんだけど、とても助かる。

　それにしても、通話か……。友達も、寝る前によく彼氏と話しているとか言っていた。寝落ち通話とかいうやつだ。話を聞いて、うらやましいな、なんて思っていた。

「私は三日に一回は通話してるけど」

　私の反応を見て、杏李はなぜか勝ち誇ったような顔で言う。

「私もしなくはないけど、たまにならって感じかな」

「ふ～ん。そうなんだ」

ちょっと怪しんでいるような声音に、焦りが生じる。

「あ、でも今日はしようと思ってたから、今からしてくるね」

私はつい、そんなことを口走る。

また意地を張ってしまった。

私は自分の部屋に移動し、園原に電話をかける。

スマホを見ながら、別に本当に通話をする必要はなかったのでは……と気づく。

しかし、アプリはすでに呼び出し中になってしまっていた。

〈はい〉

三コール目で園原が出た。

「もしもし。そ……慎？」

〈うん。どうしたの、紗月〉

名前を呼ばれるたびに、胸の鼓動が速くなる。

左胸を押さえながら、私は事情を説明した。

〈なるほど。いとこ、なかなか手強(てごわ)いみたいだね〉

用もないのに電話をしてしまって申し訳ないと思ったが、園原が笑ってくれたのでホッとした。その寛容さに救われる。

「私のせいで、こんなことにまで付き合わせちゃってごめんね。ってわけで、もう大丈夫だから」

これ以上、迷惑をかけるわけにはいかないと思い、私は通話を終わらせようとしたけれど。

〈そっか。でもさ、せっかくだから、なんか話そうよ。紗月が嫌じゃなければだけど〉

園原は、私の想定外のことを言った。

「うん。嫌じゃない。全然。話す」

嬉しくて、言葉を覚えたてのロボットみたいになってしまった。

〈ん。じゃあ、話そ〉

園原の声は、今日も優しい。

「あれ。なんか食べてる？」

スマホの向こうから、微かに咀嚼する音が聞こえた。

〈マドレーヌとクッキー。夜遅いから、健康に良くないってわかってるんだけどね〉

「いいなぁ。お菓子好きなの？」

〈姉ちゃんがホワイトデーのお返しでいっぱいもらってきたんだ〉

「お姉さん、モテるんだ」

この前話したときに、大学一年生だと言っていたことを思い出す。きっとお洒落なんだろうな。

〈違う違う。バレンタインにチョコばらまきすぎたんだって。『男子どもがこんなに律義だと思ってなかったわ……』とか言ってた〉

「あはは。慎のお姉さん、面白いね」

〈ちょっとぶっ飛んでるところはあるけどね。家族に言わずにルームランナー買って、リビングに勝手に置いたりとか〉

「ふふっ。うちのお母さんもね――」

そんなふうにして、私たちはしばらく、とりとめのない話をした。

楽しくなってしまい、いつの間にか日付が変わっていたことに気づく。

「あ、もうこんな時間だ」

〈本当だ。ごめん。つい、楽しくて〉

「私も。慎と話すの楽しかった」

自然と口から出たその言葉に、自分でも驚いていた。電話越しだと、私は少しだけ大胆になれるらしい。

〈あはは。嬉しいこと言ってくれるね〉

この、ニセモノの恋人期間が終わっても、同じように話したい。そんなことを言ったら、園原はどういう反応をするだろうか。

驚くだろうか。嫌がるだろうか。それとも――同じ気持ちだと、喜んでくれるだろうか。

「じゃあ、そろそろ切ろうか」

もちろん、そこまでの勇気はないけれど。

〈そうだね。じゃあ、また明後日、よろしくね〉

「こちらこそ、よろしく」

〈おやすみ〉

「うん。おやすみ」

園原と初めて交わした『おやすみ』は、私をとても優しい気持ちにさせた。

6日目

杏李は大学の見学に行っていて、両親は仕事。

私は一人、自室のベッドに寝転がり、イメージトレーニングをしていた。

いよいよ、明日（あした）が運命の日だ。

どうか、杏李にバレずに乗り切れますように……。

服を選んでおこうと思い、クローゼットを開く。

この前のリハーサルで、園原に褒めてもらえたことを思い出した。

だけど、あれはあくまで、私の彼氏を演じている園原慎の言葉だ。

彼の本心は、どうなんだろう。

やっぱり、女の子っぽい格好の方が好きなのかな。それとも、もう少し落ち着いた服の方が……。

――って、どうして私はまた園原のことを考えているんだろう。

ただ、杏李についた嘘をごまかすための、一週間だけの恋人なのだ。

だから別に、園原の好みを気にする必要なんてないはず。

ないはず、なのに……。


「大学ってすごいのね！　新しい世界が広がってて、びっくりしちゃった。あと、図書館がすっごく綺麗だったの！」

帰って来た杏李は興奮気味に、大学で体験したことを話してくれた。いつもの自慢げな態度はなく、純粋に嬉しそうな表情を浮かべている。それほどに楽しかったのだろう。

普段からこんな感じだったらいいのに……。

「杏李は、どうしてその大学に行きたいの？」

参考までに聞いておきたかった。私だっていずれは、真剣に進路について考えなくてはならない。

「興味のある分野の研究が、すごく有名なところなの。もちろん、他にもその研究をしてる大学はあるけど、将来は安定した企業に入りたいから、そこそこ有名な大学には入っておきたいし」

とてもしっかりした考えだ。そういうところは素直に見習いたい。

「あとは、彼氏も同じ大学を目指してるからっていうのも、ちょっとだけある」

杏李は少し恥ずかしそうに笑う。

正直、そんな理由で……と思ったけれど、人間関係は大切だ。案外、ちゃんとした動機なのかもしれない。

「ねえ、紗月の話も聞かせてよ。彼とは、どこで知り合ったの？」

ひと通り話し終えた杏李は、私に尋ねた。

「同じクラスの男の子で——」

私は架空のストーリーを杏李に話した。しっかりと設定を決めたこともあり、私の口は滑らかに動く。

「どのくらいの頻度でデートしてる？」

「だいたい、月に二回くらいかな」

「芸能人で言うと誰に似てる？　写真はないの？」

「ん〜。パッと浮かばないかも。写真はあるけど、当日のお楽しみってことで」

もちろん、写真などないのだが、さすがにそれは不自然だと思い、とっさに嘘をついた。上手(うま)くごまかせたと思う。

と、安堵(あんど)した私に、杏李はとんでもない質問を投げかけてきた。

「三ヶ月ってことは、もうキスとかもしたの？」

キ……キス！　そんなの、してるわけないじゃん！　と言いかけたけど、三ヶ月だったらしてるかもしれないな……なんて考えて、顔が熱くなる。

「そろそろストップ！　杏李も色々聞かせてよ。私だけずるいじゃん」

「別にいいけど」

私が質問に答えなかったことで、杏李は不満そうに唇を尖(とが)らせた。

「じゃあ、杏李は彼氏とどうやって出会ったの？」

「バスケの練習してるのを見かけて、一生懸命な姿がなんか良いなぁってなって、そこから連絡先の交換とかをして……って感じ」

強気な杏李らしい馴(な)れ初(そ)めだ。

「どういうところが好きなの？」

私は気になっていることを聞いていく。杏李が相手ということもあり、遠慮も忖度も必要ない。

「んー……正直、よくわからないんだよね」

「そうなの？」

「ここが好き、みたいなところはいっぱいあるんだけど、全部後づけの理由に思えてくるっていうか……。そう思うから好き、とかじゃなくて、好きだからそう思うのかも……って感じかな。一緒にいると楽しくて、安心できて、だけどドキドキもする。もっと知りたいって思うし、私のことを知ってほしいって思う。そういう、抽象的な話になっちゃうかな。あー、なんか恥ずかしくなってきた。はい、この話はおしまい！」

杏李はそう言って、逃げるようにリビングから出て行った。

残された私は、呆然としていた。

一緒にいると楽しい。

安心する。

ドキドキする。

もっと知りたい。

もっと知ってほしい。

それは全部、私が園原に対して感じていることと一緒だったから。

杏李の気持ちが恋だというのなら、私のそれも、恋なのだろうか。

恋をしている人間が、まったく同じ感情を持っているとは限らないけれど。

もしかすると——私は、園原に恋をしているのかもしれない。

7日目

杏李に園原を紹介する日がきてしまった。

結局、自分の一番好きな服を着ることにした。

三人で昼食を食べることになり、ちょっとお洒落(しゃれ)なイタリアンに入る。

「どうも。紗月の彼氏の園原です。よろしくね、漆畑さん」

お店の入り口で合流した園原は、席に着くと、完璧(かんぺき)なスマイルで挨拶(あいさつ)をしてくれた。

「……よろしく」

杏李は、表面上は笑顔を浮かべていたが、どこか不満げな空気も漂わせていた。

私に彼氏がいたことも、その彼氏がいかにもハイスペックそうなことも、彼女にとっては残念なのだろう。まあ、本物ではないのだけれど。

「じゃあ、漆畑さんはこっちの大学を目指してるんだ」

「うん。やっぱり、有名な大学にいっておいて損はないと思うし」

「へぇ。すごいなぁ。俺は大学とか、まだあんまり考えてないや」

杏李も園原も、コミュニケーション能力が高く、初対面なのに、すぐに打ち解けてしまった。心の中に、モヤモヤしたものが広がっていく。

「ところで、園原くんの方から紗月に告白したって聞いたけど、本当なの？」

いつの間にか、そんな質問までし始めた。止めようかと思ったけれど、園原は笑みを崩すことなく答え始めた。

「うん。告白は俺からだよ」

「いつ？　どこで？」

それも昨日話したのだけど、杏李は私の話なんて信用していないとでもいうように、園原を問いただす。

「クリスマスの日に会う約束をして、イルミネーションを見ながら」

園原は用意していた設定をすらすらと話す。口裏を合わせておいてよかった……。

「へぇ。ロマンティックだね」

「印象に残るようにしたいなって思って」

アドリブを入れる園原に、私はそわそわする。

「いつから紗月のこと好きだったの？」

踏み込んだ質問にも、園原はよどみなく答える。

「クラスの席替えで、隣になったのがきっかけかな。よく話すようになって、そのうち、自然に好きになってたって感じ」

園原の演技力が高い……。というか、嘘だとわかっていても、すごくドキドキする。

顔が赤くなっていそうで、私はテーブルに視線を落とした。

「わー、なんかいいね、そういうの」

本当にそう思っているのだろうか。

杏李は心の中で、どうして私にこんなにいい彼氏ができたんだと疑っているかもしれない。

やっぱり、園原と私は釣り合ってない。その事実を突きつけられた気がして、胸が苦しくなる。

「なんかこういうのって、改めて言葉にすると結構恥ずかしいね」

やんわりと困っていることを伝える園原。さすがに杏李も自重するかなと思ったのだが。

「じゃあ、これで最後にするね。園原くんは、紗月のどんなとこが好きなの？」

昨日の仕返しとでもいうように、杏李はそう尋ねた。

「ちょっと、杏李！」

私は焦って止めようとする。

だって、私たちは本当に付き合っているわけではない。きっと、園原は返答に詰まるだろう。

「いいじゃん、それくらい。だって気になるんだもん」

園原がうまくごまかしてくれることを祈った。

適当でもなんでもいい。とにかく杏李にバレないようにしてくれ……。

しかし――。

「努力家で、何事にも一生懸命なところとか、他の人が気づかない小さなことに気づけるところとか、キノコが苦手なところとか」

園原の口からは、私を褒める言葉が次々と出てきた。最後のはちょっと違うけど。

「あとは……すごく聞き上手なところと、姿勢が綺麗なところ。それと、普段はあんまり笑わないのに、笑うとめっちゃ可愛いところも――」

「わー！　ストップ！　それ以上はダメ！」

と、私は途中で遮ってしまう。

「なんでよ。いいじゃん別に」

顔色一つ変えずに、園原はいたずらっぽく笑う。

なんなんだ、この男は……。私の知っている、大人しくて、目立たなくて、主体性のない男子はどこにいったんだ……。

「私が恥ずかしいの！」

「そういう、照れ屋なところも好き」

なんて追撃がくるものだから、私は顔を赤くしてうつむくことしかできなかった。

「本当に付き合ってるんだ……」

杏李は小さく呟いた。やっぱり疑っていたらしい。

結果的にはグッジョブなのだけれど、私はぐったりしていた。

「あれ。お母さんから着信入ってる。ちょっと電話してくるね」

スマホを見て、杏李が席を立った。

その背中を見送りながら、園原がポツリと呟く。

「漆畑さん、もっとこっちにいてくれればいいのに」

「え？」

聞き間違いかと思った。

「ううん。なんでもない」

さっきまで熱くなっていた体が、急に冷たくなった気がした。胸が、ズキズキと痛む。

小さい頃から知っているから忘れがちだけど、杏李はとても綺麗な女の子だ。ちょっと意地っ張りなところはあるけれど、悪い子じゃない。

やっぱり、園原もああいう女の子が好きなんだ……。

――って、どうして私は残念がっているのだろう。

園原はニセモノの彼氏なのだ。別に、どんな女子がタイプだろうと、私には関係ない。

「なんとかごまかせたみたいだね」

「うん。助かった。ありがと……」

もちろん、感謝はしている。感謝はしているけれど、なんだろう……この、やるせない気持ちは……。

「紗月、なんか元気ない？」

園原が私の顔を覗き込む。隣に座っているから距離が近い。

「そんなことないよ。安心して力が抜けただけ」

その場しのぎの台詞が口からこぼれた。上手く笑えているだろうか。

「そう。ならいいけど」

園原は納得していないみたいだったけれど、ちょうど杏李が戻ってきて、会話が途切れた。

「お土産買ってきてーって話だった。ついでに彼氏にも買って行こうと思うから、私はそろそろ帰るね」

「じゃあ、俺たちもそろそろ出る？」

「そうしようか」

園原が会計をしている間、杏李が耳元で言った。

「絶対に手放しちゃダメだよ。あんないい彼氏、二度と出会えないんだから」

まともなアドバイスだった。杏李にしては珍しい。

「……それくらい、言われなくてもわかってる」

手放すも何も、付き合ってないし。

私は、胸にぽっかりと穴が空いたような気持ちになっていた。


「家まで送るよ」

杏李を見送ったあと、園原が言う。

「……じゃあ、お願いしようかな」

時刻は午後三時過ぎ。夕方にすらなっていないから、そんなに危ないわけでもない。だけどもう少し一緒にいたくて、私は頼むことにした。

二人で並んで、心地よい春の日差しを浴びながら、ゆっくりと歩く。

もうすぐ、この関係が終わってしまう。

杏李はちゃんと、私たちが恋人同士であると思ってくれた。

明日(あした)から、私と園原はただの友達だ。何も用事がないのに連絡を取り合わないし、夜に通話もしない。二人で出かけたりなんてしない。

もしかすると、二年生でクラスが別々になってしまうかもしれない。

別に、それで何も問題などないはずなのに、どうしてか、私の心は曇っていた。

「あ」

園原が歩みを止める。

「どうしたの？」

「あれ、松永かも」

彼の視線の先には、クラスメイトの男子がいた。ジャージを着ている。部活帰りだろうか。

「うわ……本当だ！」

見つかったらやばい。

私はとっさに園原の手をつかみ、走った。

百メートルくらいは走っただろうか。私たちは、ひとけのない道路に出た。

「ここまでくれば大丈夫そうだね」

肩で息をする私に比べ、園原の呼吸は乱れていない。それに、なんだか楽しそうだ。

「うん。……ごめん。手、つかんじゃった」

そのままだった手を離そうとしたが、園原はぎゅっと握ってくる。

「ちょっと。もう大丈夫なんだから、離してよ」

手汗とかかいてるかもしれないし……。

「いいじゃん。今は彼氏なんだし」

園原はニコニコと笑って、そんなことを言う。

「彼氏って……それは、杏李と会うときだけの嘘で——」


「本当にしちゃえばよかったのに」


「え？」

どういうこと？

「やっぱり、七日間だけじゃ嫌だ」

相変わらずのニコニコした笑顔で、だけどその奥にわずかに戸惑いをにじませて、
園原は答えた。

その意味が上手く呑み込めず、私は固まってしまう。

たぶん、そういうことなんだろうな。いや、でも……そんなはずがない。

そんな相反する二つの意見が、私の頭の中でぶつかり合って、思考がこんがらがる。

軽く混乱状態だ。目が回ってきた。

「紗月は、気づかなかった？」

園原の笑顔は跡形もなく消えていて、真剣な瞳が私を射貫くように向けられている。

「……何が？」

私は身構えた。

いくら鈍くても、さすがにわかる。

これは……そういう雰囲気だ。

「俺が、紗月を好きだってこと」

真っ直ぐに私の顔を見て、園原は言った。

まるで大切な宝物をそっとなでるような、優しい声だった。

あまりにも現実味がなさすぎて、演技がまだ続いてるんじゃないかって思ってしまう。

「それ、本当に言ってるの？」

悪ふざけだったら、一発ビンタしてやろうと思いながら、私は尋ねる。

「本当だよ。だから、ニセモノの彼氏になってほしいって言われたときは、結構複雑な気持ちだった。頼られたことは嬉しかったけど、ニセモノでいいんだって思っちゃって。だから、結構意地悪もしちゃったかもしれない。気づいてほしかったし」

「私だって――」

ちょっとは期待した。

引き受けてくれたってことは、私のことが嫌ではないのかな、とか、思ったよりも協力的なのは、私と一緒にいることを楽しんでくれてるのかな、とか。

でも、踏み込むのが怖くて、杏李と一緒に、自分の気持ちまでごまかそうとしていた。

これはニセモノの恋だって言い聞かせて、自分の気持ちに、必死で気づかないふりをした。

私だって――とっくに、園原のことが好きだった。

「この関係を、今日までの一時的なものじゃなくて、ちゃんと本物にしたい」

園原がそう思ってくれていることが、たまらなく嬉しかった。

だけど――。

『漆畑さん、もっとこっちにいてくれればいいのに』

園原はさっきそんなことも言っていた。

「私なんかじゃ、慎には釣り合わないよ」

ここまできて、そんなことを言ってしまう。臆病な自分に嫌気がさした。

「どうして？」

「だって、私は全然可愛くないし。杏李みたいな、綺麗な子が好きなんでしょ。さっきだって、杏李がもっとこっちにいてくれたらいいのに、みたいなこと言ってたし」

杏李は私よりも可愛いし、頭も良い。

私のことが好きだなんて園原は言ってくれたけど、それはたまたま同じクラスになって、たまたま隣の席になって、たまたま話が合っただけだ。

もし、杏李とも同じくらい距離が近かったら、園原はきっと杏李を選ぶ。

私は、どこまでも面倒な人間だった。情けなくもあった。

せっかく、恋が叶うかもしれないというのに、逃げようとしていた。

そんな醜い自分が、どうしようもなく嫌いだ。

しかし、園原の反応は予想外だった。

「っ……ははは」

こらえきれないといったように笑い出したのだ。

私はわけがわからなくて、呆気にとられる。

「だってそれは、漆畑さんがこっちにいてくれれば、ずっと紗月の彼氏でいられるって思ったから」

その言葉の意味を理解して、こわばっていた全身から力が抜ける。

だったらはっきりそう言ってよ！　悩んでた私がバカみたいじゃん！

「それに、さっきも言ったけど、紗月は可愛いよ。俺は、紗月の笑った顔、すごく好き」

園原はさらに、私の鼓動を速めるような言葉を重ねてくる。もうキャパオーバーだ。

自分の感情すら、正確に把握できていない。

「………」

何を言えばいいかもまったくわからなくて、私は黙り込んでしまう。

「紗月は、どうして俺に彼氏のフリを頼んでくれたの？」

「それは……」

さっきまでの私だったら、きっと「頼みやすかったから」などと答えていただろう。

でも、今は違う。

すでに私は、これが恋だと知ってしまった。

「慎のこと、ずっといいなって思ってたから。もし……慎みたいな優しい人が彼氏だったら、杏李にちゃんと自慢できるし」

ただ優しいだけの人ではないと、今はもうわかった。お洒落で大人っぽくて、たまにちょっと意地悪なところもあって、だけどやっぱり優しい。

私がこの七日間で知った園原慎は、そういう人だった。

「最初はたしかに、私が意地を張って杏李に嘘をついて、彼氏のフリを誰かに頼まなきゃって思ってた。だけど、誰に頼もうか考えたとき、慎以外には考えられなかった。私も——」

視線を上げて、目を合わせる。

「私も、慎のことが好き」

言ってしまった。恥ずかしさで、顔が熱くなる。

「めっちゃ嬉しい」

好きな人の柔らかい笑顔を直視できなくて、私は再び目を逸らした。

道路脇の、大きな桜の木が視界に入る。

淡いピンク色の桜の花が、まるで私たちを祝福するように開き始めていた。

死ぬまでにしたい
七つのこと
望月くらげ

望月くらげ（もちづき・くらげ）
徳島県出身、大阪府在住。二〇一七年、第2回カクヨムWeb小説コンテスト恋愛部門〈特別賞〉を受賞し、二〇一八年、改稿・改題した『この世界で、君と二度目の恋をする』でデビュー。著書に『この空の下で、何度でも君を好きになる』『三号線の奇跡』『優しい死神は、君のための嘘をつく』などがある。

Day1

机の上に置いた卓上カレンダー。昨日の日付にペンでバツ印をつけると、桜庭椎菜（さくらばしいな）は始業式までの日付を数えた。

「これで、あと七日」

小学生が夏休みの始まりかクリスマスを心待ちにしているかのような行動。けれど、椎菜にとってその行動は、生き地獄へのカウントダウンであり、全てを終わらせる日を心待ちにするためのものだった。

机に備え付けられた本棚には、一冊の教科書もノートも置かれていない。新学期を迎えるから、ではなくここに置いておけば部屋に入ってきた両親に見られてしまうおそれがあったから。机の一番下の引き出しを開けると、ビリビリに破られた教科書が押し込まれている。ここに入っていないものは、トイレやプールに投げ込まれ、使い物にならなくなって捨てた。授業が始まっても教科書を出さない椎菜を教師たちは『勉強するつもりもないろくでもない生徒』だと思っている。叱られている椎菜を見てクスクスと笑っているクラスメイトがいることに気づいているだろうに、何か言えば面倒なことになると思い、彼女たちを注意することもしない。

そんな生活をこの半年間必死に頑張ってきたのだ。もう楽になっても誰に怒られることもないはずだ。

椎菜は決めていた。始業式の日、制服を着てこの世を去ることを。ありったけの恨みを綴った遺書を置いて、自由になることを。

「あ、便箋買わなきゃ」

自宅にあるものでもいいのだけれど、かつて友人たちに渡していたファンシーな柄のレターセットしかない。一生に一度しか書かない遺書なのだから、やっぱりそれっぽいものにしたい気がする。

家から歩いて少し行ったところにある雑貨屋でもいいけれど、知り合いに見られるのも嫌だ。変なところから親に話が回って、怪しまれるのだけは避けたい。そう考えると、バスに乗って駅近くの文具屋に行く方が無難かもしれない。

時計を確認すると、二時を少し過ぎたところだった。母親が帰って来るまであと三時間以上ある。

椎菜はカーディガンを羽織り帽子を被ると、財布とスマホだけ持って自宅を出た。

春休みに入ってから、外に出るのは初めてだった。どこかで高校の知り合いに会ってしまったらと思うと、それだけで足が竦(すく)んで動けなかった。現に今も、心臓がうるさいぐらいに音を立てている。帽子のつばを引っ張り顔が見えないようにすると、俯(うつむ)いて早足で歩いた。そのせいか、バス停に着く頃には春先だというのに薄(うっす)らと汗をかいていた。

バスに揺られて十五分ほど経つと、駅が見えてくる。本当ならここから電車に乗って、隣町にある進学校に通うつもりだった。受験の日に風邪を引いて熱さえ出さなければ、今頃行きたかった学校に通って、友達だってできて、それで。

「……アホらし」

たられればをいくら言ったところで、椎菜が受験に失敗して家の近くの学校に通うことになったのは紛れもない事実だ。それを今更ごちゃごちゃ言ったところでどうなるものでもない。椎菜の人生は高校二年生になるその日に幕を閉じる。それでいいのだ。

到着を知らせるアナウンスとともにバスが止まった。お年寄りや子どもが降りるのを待ってから椎菜はバスを降りた。

他の人たちが駅前のショッピングモールや駅に吸い込まれていく中、椎菜は一本手前の路地へと足を向ける。その先には古びた商店街がひっそりと続いていた。

ショッピングモールへ行けば服屋も本屋も雑貨屋もある。けれど、椎菜はこの寂れたどこかもの悲しい空間が昔から妙に好きだった。古本屋に行けば今まで興味を持ったこともない作家に出会うことができ、肉屋では揚げたてのコロッケを食べることができる。キーホルダーを壊してしまった椎菜に「ちょっと貸してみろ」と言って手際よく直してくれたのも商店街の片隅で金物屋をやっているおじさんだった。

まさかここで、遺書を書くための便箋まで買うことになるとは思ってもみなかったけれど。

少し奥まったところにある文具屋で真っ白な紙に申し訳程度の罫線（けいせん）が引かれた便箋を買った。シンプルでいかにも遺書、という雰囲気だ。

「……今日はノートはいらないのかい？」

「え？」

レジで紙袋に便箋を入れながら、店員のおじさんが椎菜に声をかけた。

「そろそろ新学期が始まるんじゃないのかい？　うちの孫もこの間、新しいノートに消しゴムにと色々買いに行ってたな。うちに来ればいくらでもあるのにわざわざデパートなんかに行ってよお」

おじさんの愚痴に曖昧（あいまい）な笑みを浮かべて、便箋の入った袋を受け取った。もうノートは必要ないんです、なんてことは言えるわけがない。「ありがとうございます」とだけ伝えると頭を下げてお店をあとにした。

再びバスに乗って帰ろうとバス停に向かう。タイミングよく来たバスに乗り込んで、ちょうど空いていた前方の席に座る。あとは乗っていればいいだけ、そう思っていた。

「あれ？　桜庭？」

そんな声が後方から聞こえてきたのは、あとふたつ停留所を過ぎれば自宅の最寄りバス停に着く、そんなときだった。

「ひっ……」

振り返ることもできず、身体が硬直したように動かなくなる。誰かなんて見なくたってわかる。何度も何度も聞いてきた、世界で一番聞きたくない声。

甲高くて耳障りな声は、まるで椎菜を咎めるかのように、苛立ちを滲ませていた。

「桜庭でしょ？　おい、無視すんなって」

ツカツカとこちらへ向かって歩いてくるのがわかる。どうしよう、せっかく春休みに入って会わなくてよくなったのに。もう二度と会いたくないと、顔も見たくないと思っていたのに。

最悪だ。やっぱり家にいた方がよかった。余計なことなんてしなければよかった。

「――っ」

「あーっ！」

すぐ後ろに迫る声に身体を縮ませていると、ピリピリとした空気を壊すように男子の声が辺りに響いた。

「俺、ここで降りるんだった！」

椎菜の一つ後ろに座っていた男子は、慌てたように言うと出口に向かう。ぽかんとそれを見送りそうになっていると、男子は何故か椎菜の隣に立った。

「え……？」

「ほら、降りるよ！　何ボーッとしてんの」

「え、あ、私は……」

「早く早く」

違う、と言おうとするけれど、男子の勢いに呑まれるようにしてバスを降りていく椎菜の背後で、舌打ちが聞こえた。けれど、誰かが椎菜を追いかけてくることはなく、バスはそのまま去って行く。

小さくなるバスの姿を見送りながら、ホッと息を吐き出した。

「大丈夫だった？」

「え？　あっ」

隣に立っていた男子は、椎菜の腕から手を離すと笑顔を見せた。

「困ってる感じだったから降ろしちゃったけど、余計なお世話……じゃなかったみたいだね」

「あ……私……」

カタカタと震える手を必死に摑むけれど、なかなか落ち着くことはなかった。

「少し歩いたところに公園があるんだ。そこまで行ける？」

いくら同年代ぐらいの男子とはいえ、見ず知らずの人になんて普段なら絶対ついていかないのに、先ほどの出来事からまだ立ち直っていなかった椎菜は、大人しく頷くとその背中をゆっくりと追いかけた。

男子が案内してくれた公園には、大きな桜の木と、いくつかの遊具、それからベンチが二つ並んで設置されていた。

「ここ、あんまり人来ないから穴場なんだ。少し休んでいくといいよ」

「あ、りがとう……ございます」

バスの中では気づかなかったけれど、男子は椎菜の通う高校の制服を着ていた。まだ春休みだけれど、部活でもあったのだろうか。

「なんで敬語？」

「え、だって初対面ですし……」

躊躇いがちに話す椎菜に、男子は驚きとも衝撃ともつかない表情で椎菜を見ていた。

「嘘でしょ、俺のこと覚えてないの？」

「え、ご、ごめんなさい。もしかして知ってる人、ですか？」

「――なんてね。一学期の、それも途中までしか通ってないクラスメイトの顔なんて覚えてないか」

その言葉と結びつく人が、椎菜の記憶に一人だけいた。

「えっと、もしかして同じクラスだった？」

「広瀬直。思い出してくれた？」

「名前までは……。でも、同じクラスに途中から休学しちゃった子がいたのは覚えてるよ」

入学してすぐは椎菜も楽しく高校生活を送っていた。友人と一緒に宿泊訓練に行ったり、球技大会に参加したり。そんな中で、クラスメイトが一人、長期入院することになったからといって休学した。高校に入ったばかりなのに可哀想だなと思ったのを覚えている。けれど、まさか目の前のこの子がそのクラスメイトだったなんて。

「あ、もしかして退院して学校に行ってたの？」

「え？」

「ほら、制服姿だから。春休みでも学校に行くなら制服でって先生が言ってたもんね」

椎菜の言葉に広瀬は少し黙ったあと「まあ、そんな感じ」と笑った。

「そっか、春から二年に進級できるの？　それとももう一回一年？」

「んー、どっちでもないかな」

「どっちでもないって？」

退院したのなら復学するのではないのだろうか。そんな椎菜の疑問に、広瀬はあっけらかんとした口調で答えた。

「俺、こう見えても死にかけなんだよね」

「え……？　冗談、でしょ？」

「こんなこと冗談じゃ言わないよね」

そう言われると、そうなのだけれど。

目の前で飄々とした笑みを浮かべる広瀬が、死にかけているようには到底見えない。

「ちっちゃい頃からずっと病気を患っててさ。高校にはなんとか入学できたけど、やっぱりすぐに入院することになっちゃって。で、今は最後の退院。次に戻ったらもう病院からは生きて出られないだろうって言われてる」

「生きて、出られないって……」

「まあ、わかりやすく言えば死ぬってことかな」

椎菜の心臓が、大きく音を立てて鳴った。自分も数日後には死ぬつもりでいるのに、他人の口から出た『死』という言葉には妙に敏感になってしまう。

「ま、ってことでこの一時帰宅の間は好きに過ごそうと思ってるんだよね」

「……一時帰宅って、もう次の入院が決まってるの？」

「決まってる」

もう広瀬の目は笑っていなかった。

「一時帰宅は、今日を含めて七日間。六日後、俺はもう一度病院に戻る。――死ぬために」

「七日……」

奇しくもそれは、椎菜が自らの命を絶とうとしているのと同じ日だった。

神様は不公平だ。椎菜のように生きたくない人間と、広瀬のようにまだ生きたいと思いながらも病魔に蝕まれている人間の命の価値が同じだというのだから。

「それでさ」

広瀬は明るく言うと、身を乗り出すようにして隣に座る椎菜の顔を覗き込んだ。

「七日間で毎日一つずつやりたいことをしようと思って。題して『死ぬまでにしたい七つのこと』どう？」

「どうって言われても」

まるで安っぽいドラマのタイトルみたいだ、という感想を呑み込むと、椎菜は目を輝かせている広瀬に尋ねた。

「したいことって？」

「どうせ死ぬなら、やりたかったこと全部してから死にたいじゃん。今まで治療とか辛いこととかいっぱい頑張ってきたんだ。最後に自分のやりたいことやりきって死にたい。そうじゃないと死んでも死に切れないっていうか、成仏できずに化けて出ちゃうかもしれないだろ？」

胸の辺りで手をだらんとすると「お化けだぞー」と広瀬はおどろおどろしい声色で言う。その姿がおかしくてつい笑ってしまった。

「あ、笑ったな？」

「えっ、あ、ごめん」

「駄目だ、許さない。だからバッとして——俺がやりたいことをする手伝いをしてよ」

「手伝い？」

思わず復唱する椎菜に「そっ」と軽く言いながら広瀬は頷いた。

「色々やりたいことはあるんだけど、一人じゃできないことも多くてさ。桜庭さんが手伝ってくれたら嬉しいんだけど、どうかな？」

どうかなと言われても、椎菜にとってほとんど知らない人も同然な広瀬の頼みを聞く義理はどこにもない。断ったって構わない、はずだった。

「それでさ、どうせなら桜庭さんも一緒にやりたいことやるっていうのはどうかな？」

「私も？」

「そう。桜庭さんの死ぬまでにやりたい七つのこと」

「私の、死ぬまでにしたい七つのこと」

繰り返してみるけれど、どうもピンとこない。そもそも死ぬまでにどうしてもやりたいことなんて思い浮かぶ人の方が珍しいのではないか。

「……ちなみに、広瀬君のやりたいことって何？」

人に一緒に叶(かな)えてほしいと頼むぐらいだから、さぞかしたいそうなやりたいことがあるのだろうと期待した。けれど。

「うーんとね、一つ目は駅前のカフェでビックリパフェが食べたい」

「ビックリパフェってあの？」

「あ、もしかして食べたことある？」

「あるわけないよ。あんなの一人で食べきれないし」

通常のパフェグラスではなくてビールジョッキをさらに大きくしたような入れ物に入って出てくるパフェには、生クリームと果物がこれでもかと載っていて千五百円という絶妙にお得な値段設定だった。けれど絶対に残してはいけなくて、残すと罰金を取られるというルールがあるので、友達何人かでいかないと注文さえできないという代物だ。たまに近くのテーブルで注文されようものなら、興味本位で動画を撮る人さえ現れるほどだ。

「やっぱり一人じゃ無理だよね」

「そうそう、だから諦めたほうが」

「でも、二人なら食べきれると思うんだよね」

「え？」

　広瀬の目が、口がニヤリと笑ったのがわかった。

「桜庭さんさえ協力してくれたら、俺の未練が断ち切れると思わない？」

「未練って。まだ死んでないでしょ」

「じゃあ後悔が残らない、に訂正するよ。どっちにしても俺が満足して死ねるか、それとも未練だらけで死ぬかどうかは桜庭さんにかかってるんだ」

「そ、そんなの私じゃなくて友達に頼めばいいでしょ」

　椎菜の言葉に、広瀬は悲しそうに目を伏せると顔を俯けた。悪いことを言ってしまった。でも気づいたときには遅かった。

「子どもの頃からずっと病気がちだったから友達を作る機会も少なくて。ほら、男子ってみんな外で遊ぶからさ。たまに俺が学校に行っても休み時間のたびに教室でぼっちになっちゃって。先生たちは気を遣ってくれるんだけど、そのせいで余計に孤立しちゃってさ」

「ごめん……」

「や、いいんだ。俺にもっとコミュニケーション能力があれば休みが多くても友達の一人や二人できたかもしれないんだけど。あ、これも願いかもしれない。友達がほしい。どう思う？」

どう思う、と言いつつその先の答えなんて一つしかないように聞こえる。

「……私でよければ、友達になるよ」

「ホントに！」

パッと顔を上げた広瀬の表情は明るくて、正直嵌められたと思わなくもなかった。でもそれと同時に、残りの六日間を広瀬の七つの願いごとを叶えるのに付き合うのも悪くないと思ってしまった。どうせ自分も死ぬんだ。それなら広瀬の言うように、最後ぐらい自分のやりたいことをやってから死ぬのもいいかもしれない。

「それで？　一つ目がパフェが食べたい。二つ目が友達がほしい。あとの五つは？」

「路上ライブが見たい。猫カフェに行きたい。手作りのお弁当が食べたい。会いたい人に会いに行きたい。最後の一つは——今は内緒！」

「内緒とか言ってホントは決まってないんでしょ？」

「失礼な！　ちゃんと決まってるよ。でも今は内緒。最後の日にちゃんと言うから、今は待って？」

勿体ぶる言い方が気にかかったものの、最後の一つは最終日に聞くとして、友達が欲しいというのは叶ったとするならば、今日を含めたあと六日で残りの六つを叶えなければいけない。

とはいえ、今からもう一度駅前に戻るのは気が進まない。どうするべきかと黙り込んでいると「あっ」と広瀬が声を上げた。

「ヤッバ、そろそろ帰らないと」

広瀬はポケットから取り出したスマホを見ると、慌てて立ち上がった。つられるようにスマホの時計を見ると、いつの間にか五時を過ぎていた。椎菜も自宅へ帰らなければもうすぐ母親が仕事から帰ってきてしまう。

「んじゃ、桜庭さんは明日(あした)までにやりたいこと七つ考えてきてね！　宿題だから！」

「宿題って」

「あ、それから連絡取れないと困るからメッセージID交換してもいい？」

広瀬はスマホの画面を操作すると、メッセージアプリの友達登録の画面を表示させていた。断る理由もなかったので、椎菜も同じ画面を表示させてIDの交換をする。

椎菜の画面には広瀬の顔写真と『ＮＡＯ』と書かれた名前が表示されていた。今頃広瀬の方にも『椎菜』という名前とともに祖母の家で飼っている犬の画像が表示されているはずだ。

「よし、じゃあこれで大丈夫だね。そしたら桜庭さん、明日もこの公園で待ち合わせはどうかな？　時間はあとでメッセージでおくるからさ」

「うん、それで大丈夫」

頷く椎菜に手を振ると「じゃあまた明日！」と広瀬は公園をあとにする。一人残された椎菜は、手に持っていた袋の中身を思い出し、よくわからないけれどおかしくなって笑ってしまった。

つい数時間前まで遺書を書くための便箋を買いに行っていたのに、同級生のよくわからないことに付き合わされる羽目になってしまった。

でも、どうしてだろう。そんなに嫌な気がしていないのは。

「死ぬまでにしたい七つのこと、かぁ」

そんなこと思いつくだろうか。今の椎菜にしたいことなんてあるのだろうか。

わからない、でも遺書を書くついでに考えてみてもいいかもしれない。広瀬曰く『未練を残さない』ために。

その日の夜、椎菜は自分の部屋で勉強机に向かっていた。目の前には真っ白の便箋。いざ遺書を書こうと思うと意外と言葉が出てこない。

ぶちまけたいことはたくさんあって悔しくて辛くて苦しくて、あいつらにされたことを全部書いてしまいたかったはずなのに。

椎菜はもう一枚便箋を取り出すと、一番上に『死ぬまでにしたい七つのこと』と書いた。このあと死ぬとして、椎菜に未練はないのだろうか。やり残したことは本当に存在しないのだろうか。

何を書けばいいか迷っていると、スマホが鳴ってアプリにメッセージが届いたことを知らせた。広瀬からだった。

『明日、昼の一時に公園で』

届いたそのメッセージにスタンプで『了解』とだけ返すとスマホを放り投げた。やりたいことなんて書けるわけがない。だって今の椎菜にとっての一番やりたいことは、始業式の日に死ぬことなのだから。

Day2

翌日、広瀬に言われた時間に公園へと向かう。椎菜の家から歩いて二十分ほどの距離だ。あまり人がいないという広瀬の言葉通り、昼間だというのにお年寄りが散歩をしているぐらいで、子どもの姿はなかった。

「椎菜！」

昨日と同じベンチで、広瀬がこちらに向かって手を振っていた。相変わらず今日も制服姿だ。

「時間ピッタリだな」

「そっちこそ。ていうか、どうして制服？　今日も学校行ってたの？」

「あー、まあそんな感じ。もう学校にも行けないからさ、春休みだけど特別に通わせてくれてるんだ」

「……そんなに学校に行きたいなんて変わってるね」

思わず自分の口をついて出た言葉に、椎菜は慌てて両手で口を押さえる。けれど、零れた言葉はもう元には戻らない。しっかりと椎菜の言葉が聞こえていたらしい広瀬は、困ったように眉を八の字にすると尋ねてきた。

「椎菜は学校が嫌い？」

「……嫌い」

「どんなところが？」

「全部嫌いだよ」

嫌がらせをしてくる元友人たちもそれを見て見ぬふりするクラスメイトも、自分のクラスで何が起きているのかさえ把握していない教師も、全部嫌いだ。

「そっか。うーん、俺は嫌いになるほど通えなかったからなぁ」

だからそんなことを言うなとでも説教垂れるのだろうか。行けなかったことは気の毒だと感じるし、可哀想だとも思う。けれど、それとこれとは――。

「まあでも、俺が行きたいって思うように、椎菜が嫌いだって思うのも自由だからな」

「え……？」

広瀬は「座れよ」と自分の隣をポンポンとする。椎菜は言われるがままに腰をおろすと、広瀬の方を向いた。

「さっきの、どういう意味？」

「どういうってそのままの意味だよ。人によってそのものに対する感情なんて違って普通だろ。俺がイチゴを好きだって思うのと反対にイチゴが嫌いな人だっている。学校だってそうだ。行きたくて行ってるやつもいれば、どうしても行きたくなくてそれでも無理矢理行ってるやつも、行かないって選択肢を選ぶやつもいる。それに」

広瀬は言葉を切ると、空を見上げるようにして顔を上げ息を吐き出した。

「生きたいって思うやつもいれば、死にたいって思うやつもいるしな」

その言葉に、椎菜の心臓は音を立てた。まるで見透かされているような広瀬の話に手のひらに汗が滲む。

「……ってさ」

どうにか話を変えたくて、椎菜は不服そうに聞こえるように声を出す。

「え、名前だけど。椎菜だろ？」

「そういう意味じゃなくて！　昨日会ったときは『桜庭さん』って呼んでたのに、なんで急に呼び捨てになったのって聞いてるんだけど」

「ああ、そう言われれば。なんだろ、メッセージアプリの画面見てたからかな。あれの登録名『椎菜』だろ？　だから、つい」

つい、で人の名前を呼び捨てにするなんていったいどういうコミュニケーション能力をしているのか。隣に座る広瀬は悪びれることなく、へへっと笑っている。

「まあいいじゃん。固いこと言うなよ」

「別に駄目とは言ってないけど」

「椎菜も俺のこと名前で呼べばいいしさ」

「えっ」

さも当然のように言われて、思わず言葉に詰まる。男子のことを呼び捨てにするなんて小学生のときが最後な上に、こんなふうに名前で呼べばいいよ、なんて目の前で許可されて呼ぶなんてことはなかった。だからニコニコと笑顔でこちらを見ている広瀬にどうしていいか困ってしまう。

「椎菜ー？　どうした、黙っちゃって」

「『椎菜』って何」

無言になった椎菜を、広瀬は首を傾げながら覗き込む。その距離の近さにベンチに座ったまま後ずさる。

「きゃっ」

もっと広いベンチならよかったのかもしれないけれど、椎菜たちが座っているのは公園にあるなんの変哲もない二人が座ればいっぱいになってしまう程度のベンチだ。そのベンチに二人が座っている状態で後ずされればどうなるかなんて、子どもにもわかった。

「って、あぶな……っ」

ベンチから落ちそうになった椎菜の腕を広瀬が摑もうとした。——けれど、あと一歩のところで間に合わず椎菜はベンチから尻餅をつく形で落ちてしまった。

「いった……」

「大丈夫？」

焦ったように尋ねる広瀬に、椎菜は苦笑いを浮かべて立ち上がった。

「大丈夫。ちょっと擦り剝いただけ」

「そっ……か」

「広瀬？」

「ごめん、俺が手を摑めてたら……」

椎菜の不注意なのに、広瀬はなぜか申し訳なさそうに表情を歪める。だからもう一度「大丈夫だよ」と伝えると隣に座り直した。

「それで？」

「え？」

「え？　じゃなくて。今日は何をするの？」

「あ、ああ」

しょぼくれた顔をする広瀬に、椎菜はわざとらしく明るく声をかけた。広瀬は視線を泳がせ、それから椎菜の方を向き口を開いた。

「パフェ食べに行こうかと思ったんだけど」

「駅前のだよね。わかった、じゃあバス停に行こうか」

椎菜は立ち上がると、先ほど尻餅をついたときにズボンについてしまった砂埃を払って歩き出す。少し遅れて広瀬もその隣に並んだ。

「そういえば、椎菜は考えた？　やりたいこと」

「うーん、考えたんだけど思い浮かばなかったんだよね」

死にたいということは伏せて、椎菜は曖昧な笑みを浮かべた。広瀬は「そっか」と口を尖らせたあと、柔らかく笑った。

「まあそのうち思い浮かぶかもしれないしね。やりたいことが見つかるまでは、俺のやりたいことに付き合ってよ」

「しょうがないから付き合ってあげるよ」

軽口を叩きながらバス停へと向かうと、ちょうど少し手前の信号で停まっているバスが見えた。その瞬間、ふいに昨日の出来事がよみがえる。またあんなふうに元友人に会ってしまったらどうしよう。

バスが近づいてくるにつれて、心臓が嫌な音を立てて鳴り続ける。

「椎菜？」

「あ、ううん。なんでもない」

心配そうな表情を浮かべる広瀬に対して笑って誤魔化すとバスに乗り込み、椎菜は一人がけの席に急いで座った。車内を見回す余裕なんてなかった。ただ誰にも会わずにすみますようにと、俯いたまま祈り続けた。

不意に椎菜の頭上に影が落ち、すぐそばの通路に広瀬が立ったことに気づいた。混んでおらず空席もいくつかあるのにどうして。

「あ──」

思わず声が漏れた。もしかしなくても広瀬は、椎菜の姿を他の乗客から隠してくれている？　昨日のように同級生に会うことを怖がっているのに気づいて？

「……ありがと」

「別に？　この方が話しやすいってだけだよ」

広瀬は何でもないように言う。けれどその耳が薄らと赤くなっているのを椎菜は見逃さなかった。

悪い人ではないのかもしれない。

昨日まで話したことのなかった元クラスメイトの、出会って二日目の印象だった。


駅に着くと、広瀬が言っていたカフェへと向かった。目当てはもちろん『ビックリパフェ』だ。

「本当に食べるの？」

オーダーを取っていったお姉さんも、椎菜と広瀬の姿をマジマジと見つめていた。あれはこの二人で本当に食べられるかと心配している雰囲気だった。

けれど、広瀬はそんな心配に気付くことなく自信満々に自分の胸に拳を当てた。

「もちろん。椎菜もちゃんと頑張ってくれよ」

「私、さっき遅めのお昼食べたんだよね」

「嘘だよな？」

椎菜の言葉に広瀬が顔色を変えるのがおかしくてつい笑ってしまう。本当は今日の朝から何も食べていなくて、空腹を我慢するのもそろそろ限界だった。

「えー、マジかよ。俺一人で食べきれるわけないし、でもここまで来たからには……」

「じょーだん。ビックリパフェ楽しみだなー」

笑いながら言う椎菜に、ようやくからかわれたことに気づいたらしい広瀬はホッとしたように笑みを浮かべた。

「焦ったー。もう頼んじゃったのにどうしようかと思ったよ」

ごめんね、と謝りながら、椎菜はもう一度笑う。

こんなふうに誰かと一緒に過ごして楽しいと思うのなんていつ以来だろう。しかもその相手がまだちゃんと話すようになって二日目の広瀬だなんて不思議な感じだ。

もしも、もっと出会うのが早ければ何かが変わって――。

「椎菜？　ボーッとしてるけど大丈夫か？」

「え、あ、うん！　なんでもない」

有り得もしないたらればを思い浮かべる自分が嫌で、ズボンの上から太ももをギュッとつねった。

何があろうと過去は変わらない。そんなこと、今までだって何度も思い知らされているというのに。

どうにもならないモヤモヤを抱えた椎菜の目に入ったのは、そして耳に聞こえて来たのは、途方もないサイズのパフェとその名前だった。

「お待たせしました、ビックリパフェです」

カタン、なんて可愛い効果音ではない。ドンッという音を立ててそのパフェはテーブルの上に置かれた。向かいの席に座る広瀬の顔が、突き刺さったチョコレートのせいで隠れてしまうぐらいだ。

「嘘だろ」

「これはさすがに……」

絶望的とも言えるサイズに言葉を失う。近くのテーブルで食べているのを見るのと、自分の目の前に置かれるのとではこうも迫力が違うのかと驚きが隠せない。

こんなことなら頼まなければ――。

「よし、食べるか!」

「え?」

「ほら、椎菜もボーッとする暇あったらスプーン持って口に運んで」

広瀬は促すように椎菜の手にスプーンを握らせると、自身も手に持ったスプーンでパフェを食べ進めて行く。

たられればと後悔が、目の前で崩されていくのを見つめる。そんな椎菜に広瀬は笑顔を浮かべた。

「これめっちゃ美味(うま)い!」

その笑顔につられるようにして、椎菜も一度は無理だと思ったパフェへとスプーンをのばした。

――結局、ビックリパフェは二人でなんとか、それも本当にギリギリのところで食べきることができた。

「あ――、もう無理！　しばらく甘い物なんていらない！」

「私も生クリーム見たくない」

「わかる。夢に見そう……」

駅前のバス停のベンチで、帰りのバスが来るのを待ちながら椎菜と広瀬ははち切れんばかりのお腹を抱えて座り込んでいた。

「ビックリパフェを舐めてた。まさかスポンジの下にさらに生クリームが詰まってるなんて思わなかった」

「生クリームもだけど、コーヒーゼリーもなかなかキツかったよ。あんな弾力のあるゼリー初めて食べた」

「……でも、俺たち食べきったよな」

ニヤリと口角を上げながら、広瀬は隣に座る椎菜に向かって右手を挙げた。突然のことに戸惑いつつ、椎菜も左手を挙げると広瀬の手をパチンと打った。

「正直食べきれないと思ってお金持ってきてたんだけど」

「え、そうだったの？」

「当たり前だろ？　念には念をって言うからな。でもなんかやればできないことってないのかもしれないなって思わされたよ」

　たかがパフェを食べきったぐらいでと笑う人もいるかもしれない。でも、できっこないと思ったことが、自分たちの力で乗り越えられたあの瞬間だけは、きっと椎菜と広瀬にとってパフェを完食したこと以上に大きなものだった、そんな気がした。

Day3

「……ねえ、広瀬」

　椎菜は膝に乗る猫の背を撫でながら、目の前でパフェ——もちろん普通サイズだ——を食べる広瀬に声をかけた。

「私たち、昨日もうしばらくはパフェはいらないって話してなかったっけ」

　パフェを食べた翌日、椎菜と広瀬は駅前からさらに電車を乗り継いだ先の商店街、その一角にある猫カフェへと来ていた。アイスティを飲む椎菜の目の前で、頬に生クリームをつけた広瀬が「へへっ」と笑った。

「だって、写真見たら美味しそうだったから、つい。椎菜もいる？」

今にもスプーンを差し出してきそうな広瀬に「いらない」と首を振った。ところで。

「ねえ、広瀬って猫に嫌われてるの？」

「うっ」

先ほどから膝の上に乗っている猫だけでなく、椎菜の足下には何匹かの猫が入れ替わりで擦り寄ってくる。けれど、どうしてか広瀬には一切近寄らないどころか、少し離れたところから威嚇している猫までいた。

「嫌われてるのかも……。いいなぁ、椎菜は」

「代わる？」

膝の上で大人しく喉を鳴らしている猫に視線を落とす。猫カフェに来たいと言うぐらいだから、猫が好きなのだろう。それがこの有様ではさすがに可哀想だ。

けれど椎菜が猫を持ち上げるより早く、広瀬は「ううん、そのままでいい」と微笑んだ。

「せっかく椎菜の膝の上で幸せそうにいるんだ。無理に引き剝がす必要はないよ」

そう言った広瀬の表情は、柔らかく優しかった。こんな顔もするのだと、意外に思う。それと同時に、椎菜は広瀬のことを全然知らないのだと思い知らされる。何が好きとか何が嫌いとか、どういう音楽を聴いて、どんな本を読むのか、椎菜は何も知らない。

「どうしたの？」

「え、あ、ごめん」

気づけば広瀬に視線を向けたまま黙り込んでしまっていた。慌てて目を逸らすけれど、今度は広瀬がジッと見つめてくる。

「な、何」

「ううん。ちなみに、全然関係ないんだけど椎菜って猫派？　犬派？」

「どっちも好きだけど、強いて言うなら猫かなぁ」

「やっぱり！　そんな気がした」

嬉しそうに口角を上げる広瀬は、猫か犬かでいうと犬みたいだなと思う。

「俺も猫の方が好きなんだよね」

「へえ、意外。勝手なイメージだけど犬派かと思った」

「それって俺が犬に似てるとかそういう話？」

「……へへ」

笑って誤魔化す椎菜に、広瀬は唇を尖らせてみせた。でも、そっか。広瀬は猫派なんだ。

「ったく。そもそも犬派なら猫カフェ行きたいって言わないでしょ」

「それもそっか」

「ったく。椎菜ってば賢いくせにそういうところ抜けてるんだよなぁ」

「え？」

広瀬の言葉が引っかかった。

「私、別に賢くなんて……」

「入学式で新入生代表の挨拶してたよね。あれって入試で一番の人がやるんでしょ？」

「覚えてたんだ」

「え、あ、ま、まあね。同じクラスの女の子が一番だったんだってビックリして、それで……」

しどろもどろになりながらも広瀬は言う。別に問い詰めているわけではないのだから、そんなに慌てなくてもいいのに。

「そっか。……あの頃はよかったなぁ」

どんな高校生活を送るのか、期待に胸を膨らませながらまだ着慣れない制服を身に纏い参加した入学式。中学と同じように、いやそれ以上に楽しい日々が待っていると、あの頃は本気でそう思っていた。

待っていたのは地獄と、それから死にたいと思う毎日だなんて想像もしていなかった。

「今は楽しくない？」

「……うん、楽しくない」

そんなことないよと取り繕ってもよかった。きっと広瀬以外の人にになら上辺だけの言葉を吐いたと思う。けれどどうしてか広瀬には、すんなりと肯定することができた。

「そっか。……じゃあ、今は？」

「今？」

「そう、今はどう？　楽しい？」

突然の質問に椎菜が戸惑っていると、広瀬はパッと笑みを浮かべ両手を広げた。

「俺はね、すっごく楽しい！　椎菜と一緒に、来たかった猫カフェに来られたし、昨日はビックリパフェも食べた！　生きてきた中で一番楽しい！」

「一番って、大げさだよ」

あまりにもスケールの大きな話に冗談だと思って椎菜は笑う。けれど、広瀬は僅かに目を伏せ、少しだけ寂しそうな笑みを浮かべた。

「ホントに、俺にとってはそれぐらい今が楽しいんだ。だから椎菜が少しでも俺と一緒に過ごす時間を楽しいって思ってくれてたら嬉しいな」

広瀬のストレートな言葉は、まっすぐに椎菜の胸へと届く。だから椎菜も、笑ったり誤魔化したりせずにきちんと答えた。

「私も楽しい。この半年、楽しくないことばっかりだった。でも昨日も今日も楽しいがいっぱいで、この半年で一番笑ったと思う。広瀬のおかげだね」

「そっ……か」

「広瀬？」

「へへ、なんか照れるね」

自分で尋ねたくせに、椎菜の答えを聞いて広瀬は頬を赤く染めて苦笑いを浮かべていた。

広瀬と一緒にいるのは楽しい。それは期限付きだからかもしれない。今しか時間がないとわかっているから、一緒に過ごす時間がかけがえのないものになっている、それだけなのかもしれない。

でも、だとしても――。

「はー、それにしてもここは天国みたいだよね。猫がいっぱいいてホント幸せ」

「広瀬には近寄ってこないけどね」

「くそう」

唇を嚙みしめる広瀬を見て、椎菜は声を上げて笑う。

知りたい、のだろうか。

目の前で優しい視線を猫に向ける元クラスメイトが、どんな人間なのか。あと数日で死のうとしている自分が、誰かに興味を持っても、いいのだろうか。

二時間ほど滞在した猫カフェを出て商店街を歩いていると、どこからか音楽が聞こえてきた。テレビでもよく聞くバンドの曲だ。有線とは違う、少し音の外れたそのメロディはどこから聞こえてくるのだろうか。

「椎菜？　どうしたの？」

「静かに」

唇の前に人差し指を当てると、広瀬も音に気づいたようで二人でキョロキョロと辺りを見回した。

「あっち、かな？」

商店街の途中にある路地を曲がると、日中だというのに下りたままのシャッターの前で自分たちと同じぐらいの年の女の子がギターを弾きながら歌っているのが見えた。

「路上ライブだね」

「せっかくだし聴いていってもいい？」

「もちろん」

広瀬のやりたいことのうちの一つに、路上ライブを見たい、というのがあった。たまたま通りかかっただけではあるけれど、その偶然の出会いが広瀬の心を輝かせているのは見ればわかる。

邪魔にならないぐらいの距離に立つと、女の子が弾くギターの音に合わせて広瀬は身体を揺らしながら笑みを浮かべていた。

一曲歌いきったところで、椎菜と広瀬は拍手を送る。途中からこちらに気づいていたであろう女の子は恥ずかしそうに小さく頭を下げた。

「ね、すっごく上手だった！　いつもここで弾いてるの？　他にはどんな曲を弾くの？」

物怖(ものお)じすることなく広瀬は女の子に近寄ると、興味津々とばかりに質問をぶつける。

「えっと、わりとここでやってる、かな。今は春休みだから余計に」

「そっか。俺らこの春から高二なんだけど、同じぐらいかな？」

「あー、うん。私も春から高二。その制服って春(はる)高生？」

「そうだよ。もしかして君も？」

広瀬の言葉に女の子は小さく頷(うなず)いた。

「っていっても、保健室登校だから会ったことないと思うけど」

自虐的な言い方をその子はする。そんな言い方をされてしまえば、それ以上踏み込むことはできない、と椎菜は思った。けれど、広瀬はけろりと言った。

「そっか、俺も一学期しか学校行ってないからなぁ」

「え？　あ、そう、なんだ」

女の子はどこか肩透かしを食らったような表情を浮かべていた。きっと今までだと『保健室登校している』と言えばどこか腫れ物に触るような扱いをされていたのだろう。わざとやっているのか天然なのかわからないけれど、広瀬のこういうところは凄いと素直に感心する。

「そっちの子は？」

「え、あ、私はそんなに学校好きじゃなくて……一応行ってはいるけど」

「ふーん」

関心のなさそうな反応に、思わず俯いてしまう。胸の奥がチリッと痛むのを感じる。好きじゃないけど学校に行っているなんて日和っていると思われただろうか。逃げることもできない臆病者のレッテルを貼られてしまっただろうか。でも、そんなの椎菜自身が一番よくわかっていた。辛くても逃げることさえできない自分が情けなかった。

「偉いね」

「え……？」

だからその子が感心したように言った言葉に、思わず顔を上げた。

「偉い……？」

　復唱する椎菜に、その子はギターをケースに片付けながら事もなげに頷いた。

「うん、偉いと思うよ。教室に行けるだけで凄いじゃん。行きたくもないのにちゃんと通って授業受けてさ。頑張り屋なんだなって思う」

「そんなこと……」

　ただ逃げる勇気がなかったことを、偉いなどと言われてしまえばどうしていいかわからなくなる。

「……っていっても、そんなことないってなるよね」

　口を噤んだ椎菜に、その子は肩をすくめてみせた。

「私も『保健室だとしても行くだけ偉い』なんて言われることもあるけど、みんなが当たり前に行ってる教室に行けてもないのに何が偉いんだって思うもん」

「あ……」

「だからさ、他人からの評価なんて関係なくて、自分自身がその行動に納得できているかどうかなんだろうなって思う」

「うん……。そうだね、私もそう思う」

　誰かが頑張ったと評価してくれたとしても、自分自身が認められていなければ意味がないのだ。椎菜にとっては学校に行くこと、ではなく、きっと立ち向かうことこそが正しかったのだと思う。そしてそれができなかった自分は負けたのだとも。

片付け終わったギターを背負うと、その子はこちらを振り返った。

「……ここでたまに弾いてるからさ、よければまた聴きに来てよ」

「いいの？」

「いいって言うか、その、別に聴きたくなかったら来なくても――」

「行く！」

反射的に返事をしてしまっていた。どうしてかわからない。でももう少し話をしてみたいと、そう思ったのかもしれない。

「あっそ……」

素っ気なく返事をするその子の頬が、少しだけ緩んだのを椎菜は見逃さなかった。

「あのっ」

「まだ何かあるの？」

表情を引き締めるその子は、わざとらしく面倒くさそうな顔でこちらを向いた。聞いても、いいだろうか。嫌がられたり、しないだろうか。

「……名前、なんて言うの？」

「は？」

「あ、その。また来たとして名前とかわからないと声かけにくいし」

あと数日しか生きていないのに、何を口走っているのだろう。そう思う冷静な自分を押しやって、椎菜は勢いだけで彼女に尋ねた。その子は少し驚いた表情を浮かべたあと、ポツリと呟く。

「……亜里砂。黒崎亜里砂」

「亜里砂ちゃん、だね。私は桜庭椎菜」

「椎菜、ね」

呼ばれた名前がどこかくすぐったくて、つい顔をほころばせてしまう。椎菜の正面に立つ亜里砂も頬を緩めているのが見えた。

「あ！　俺は広瀬直だよ」

「あっそ」

「え、興味なさすぎない？」

割り込むように言う広瀬の自己紹介に、亜里砂は素っ気なく返事をする。それに対する広瀬の反応がおかしくて、椎菜と亜里砂は顔を見合わせて笑った。

この世を去るまで今日を合わせてあと五日。椎菜に、新しい友達ができた。

Day4

翌日、朝から椎菜は自宅のキッチンにいた。広瀬のやりたいことの中にあった『手作りのお弁当が食べたい』を叶えるためだ。

待ち合わせ時間は、昨日より早めの十一時。今が九時だから間に合うはず。

そう思っていたのに。三十分後、椎菜の目の前には形の悪いおにぎりと焦げた卵焼きだけがあった。

「どうしよう……」

「椎菜？　さっきから何をやってるの？」

「あ、お母さん。えっと、その」

看護師の母親は、三交代制で働いている。今日は準夜勤のため、この時間はまだ寝ているはずなのだけれど。

「ごめん、起こしちゃった？」

「ううん、今日は日中に市役所に行く用事があったから起きなきゃだったの。それで？　お弁当でも作ってるの？」

「どうして……」

慌てて手元のものを隠したけれど、母親にはお見通しだったようだ。

「何年母親やってると思ってるの。わかるに決まってるでしょ。んー？　メニューは卵焼きにウインナーにハンバーグ？」

「……ピーマンの肉詰め。好きなんだって」

「へええ？」

訂正する椎菜に、母親は目を輝かせた。

「何？　デート？」

「ちがっ。これにはちょっと理由があって」

「ふーん？」

ニヤニヤと笑う母親は完全に誤解している気がするけれど、肝心なところをぼかしつつも上手く説明できる気がしない。それにこれ以上何か言うと余計に面白がられそうで、椎菜はキュッと口を閉じた。

反抗期、というわけではないけれど高校に入ってから母親と話をする機会は極端に減った。もう高校生だから大丈夫だろう、と母親が深夜勤を復活させたのもあるけれど、一番の理由は椎菜が学校について聞かれたくなかったから。当たり障りのない答えしか言えず、上手くいっていないことに気づかれるのが嫌だった。そのせいでこの半年は、母親のことを避けてきたのだけれど。

「で、どうするの？」

「どうって……。作り直そうと思ってるよ」

こんなぐちゃぐちゃのを持って行けるわけがない。項垂れる椎菜をよそに、母親は卵焼きの切れ端を一つ口に放り込んだ。

「うん、美味しい」

「ホント……？」

「甘さもちょうどいいと思うよ。少し焦げちゃってるけど、これぐらいなら大丈夫だと思うな。おにぎりはそっちの引き出しに型があるからそれに入れたら綺麗にできるわよ」

母親の言う通りに進めていくと、先ほどまで上手くいかなかったのが嘘のようにお弁当の中身ができあがっていく。最後にハンバーグを作る要領でピーマンの肉詰めを作れば完成だ。

時計を見ると、十時を少し回ったところ。今から準備しても余裕だった。

「ストップ」

できあがったおかずをお弁当箱に詰め終わり、一息吐こうとした椎菜に母親は厳しい声を向けた。

「え、何……？」

「何？　じゃなくて、ちゃんと見て」

言われるがままに視線を向けると、使ったものがグチャグチャになっているキッチンがあった。

「作ったらそれで終わりじゃないの。片付けまでやって料理よ」

「……はーい」

母親の言うことは正論で、椎菜は使った調理器具を片付け始める。

「ふふ」

椎菜がスポンジで泡をつけた食器を水で洗い流しながら、母親は楽しそうに笑った。

「お母さん？　どうしたの？」

「ん？　こんなふうに椎菜と一緒にキッチンに並ぶのいいなって思って」

「……ふーん？」

「あら、素っ気ない。お母さん、ちょっとした憧れだったのよ。娘と一緒に料理をするのって」

嬉しそうに話す母親の姿に、椎菜の胸の奥がポカポカとする。

「私も」

自然と、言葉は口をついて出た。

「私もこうやってお母さんと料理、したかった」

口に出してみれば、それが押し込んでいた本心だと自分でも実感してしまう。

何も思い浮かばないと思っていたけれど、やりたいこと、あったんだ。

「そっか。じゃあ、今度晩ご飯一緒に作ろっか」

「……うん。今度、ね」

その今度が来ないことを椎菜は知っていた。それでも頷いてしまったのは、あまりにも嬉しそうに笑う母親の表情を曇らせたくないため——だけではない、かもしれない。

片付けを終え、準備をして家を出る。待ち合わせ時間の十分前にいつもの公園に着くと、もうすでに広瀬の姿があった。

「ごめん、お待たせ」

「ああ、ううん。全然。俺が来るのが早すぎただけだから」

なんでもないように広瀬は笑うと「貸して」と手を差し出した。

「荷物、持つよ」

「え、いいよ。そんなに重くないし」

「だったら余計に。それに、中身お弁当でしょ？　俺のために作ってくれたのに、それを持たせるなんてできないよ」

ね、と笑いかける広瀬の言葉に甘えることにして、椎菜は弁当の入った袋を手渡した。広瀬は椎菜の手に触れることなく、袋を受け取るとしっかりと手に提げる。

ウキウキとした様子を隠せないまま歩く広瀬の姿を見ていると、とてもじゃないけれど大病を患っていて、次に入院すればもう退院することはかなわない、なんて思えない。悩みも何もなさそうに見える姿に、少しだけ不快な感情が湧き出てくる。

「広瀬は楽しそうだよね」

「ん？　そりゃ、こうやって椎菜と出かけてるんだから楽しいよ。椎菜は楽しくないの？」

「楽しくないわけじゃないけど……」

これ以上先は、言わない方がいい。そう頭では理解していても、止めることができなかった。

「広瀬みたいになんにも考えずに脳天気にはいられないかなって」

「え……」

「あっ」

その瞬間、広瀬の表情が曇った。そして泣きそうな顔で笑っていた。

「そう、だよね」

「ちが、私……」

「ごめんね、なんか俺一人ではしゃいじゃって。こんなふうに出かけられるなんて思ってなかったから、つい嬉しくて」

あまりにも元気に、楽しそうにしているから。広瀬が何を抱えているのか聞いていたはずなのに、不用意な一言で傷つけてしまった。

「ごめんね」

「ちが……。謝らないで」

「椎菜？　どうし……」

「広瀬は悪くない。今のは私が悪いの。私が考えなしに発言して、広瀬にイヤな思いをさせた。ごめんなさい」

まっすぐに謝る私に広瀬は「大丈夫だよ」と微笑んだ。

「脳天気だって思えるぐらい、俺が元気に見えたってことでしょ？　変に気を遣われたり、可哀想な子って扱いをされるより全然いいよ」

そういう、ものなのだろうか。それでも、椎菜が失礼なことを言ってしまったことに変わりはない。

「でも、やっぱりごめんなさい」

「……うん。その気持ちはちゃんと受け取っておくね」

謝罪をするということは、自己満足なのかもしれない。謝ったところで、広瀬が傷付いたという事実が消えるわけではない。ただ椎菜の中で謝った、そして許してもらったという証明がほしいだけなのかもしれない。

だから、広瀬の言う、気持ちは受け取ったという言葉がストンと胸に落ちた。許したわけではない。でも申し訳ないと思ったその気持ちを、広瀬は受け止めてくれた。

「広瀬は、大人だね」

少し離れたところにある河川敷までの道のりを歩きながら、椎菜は口を開く。隣を歩く広瀬は「そうかな？」と首を傾げていた。

「年相応だと思うけど」

「ホントに？　人生二周目みたいに達観してない？」

「うーん、でも兄ちゃんと喧嘩して母親に怒られたり、入院生活が退屈すぎてドアに仕掛けを作って看護師さん驚かせたり、やってることは他の人とそう大差ないと思うけど」

「や、入院中になにやってるの」

イタズラっぽく笑う広瀬は、椎菜と同じ十六歳の少年の顔をしていた。

「にしても、お腹空いたー。早く着かないかな」

「朝ご飯食べてないの？」

「椎菜の弁当が楽しみ過ぎて、朝から何も食べてない！」

「ええ……。期待に添えるといいんだけど」

そんなに期待されると緊張してしまう。けれど、隣を歩く広瀬の表情がキラキラと輝いていて、そんなにも楽しみにしてくれていたのだと思うと嬉しくなる。

十分ほど歩き、ようやく河川敷にたどり着いた。川べりに広瀬が持ってきていたレジャーシートを敷くと、椎菜が用意したお弁当を広げる。

「うっわ、すげえ」

「ホント……？　でも、卵焼きとかちょっと焦げちゃったんだ」

「全然気にならないって。え、これ椎菜がひとりで作ったの？」

「そう。って言いたいところなんだけど、違うの。私ひとりじゃ上手く作れなくてお母さんに手伝ってもらっちゃった」

恥ずかしいことのようで、それでいて椎菜にとってはどこか照れくさい出来事だった。母親との仲が極端に悪いわけではなかったけれど、大きくなるにつれ昔のように素直に甘えることも本音で話すこともできなくなっていた。

「広瀬のおかげで、お母さんと一緒に料理作ることができたよ。ありがと」

「なんで椎菜がお礼を言うんだよ。俺の方こそ、こんな美味しそうなお弁当作ってきてくれてありがとう」

「どう、いたしまして」

満面の笑みでお礼を言われてくすぐったい気持ちになる。

「食べていい？」

「うん、食べて食べて」

「いただきます！」

少し焦げ目の付きすぎた卵焼きを広瀬は頬張ると、目を丸くして、それから頬を緩めた。

「あー、やっぱ。めっちゃ美味(うま)いってこれ」

「ホントに？　気を遣ってない？」

「ないない。椎菜も食べてみろよ。ほら」

広瀬はもう一つ卵焼きを箸(はし)で摑(つか)むと、椎菜の顔の前に持ってきた。

「え、あ、あの」

「ん？」

「自分で、食べるから……」

「あ、そっか……」

広瀬は自分がしようとしたことに気づいたのか、恥ずかしそうに頰を搔(か)くと、もう一つ卵焼きを頰張って笑った。椎菜もドキドキとうるさい心臓の音を必死に落ち着かせながら、卵焼きを一つ口に入れる。ほのかな甘さが口いっぱいに広がって、思わず声が漏れた。

「美味しい……」

「なっ、お世辞とかじゃなくて美味しいだろ」

「なんで広瀬が自慢げなのよ」

「あ、それもそっか」

へへっと笑う広瀬につられて椎菜も笑みを浮かべる。そのあとも、広瀬は一つ一つのおかずに対して、感想を伝えてくれながら食べ進めていった。

そんな広瀬を見ながら、自分がしたことに対して誰かにお礼を言われるということが、こんなにも心をホカホカさせるなんて知らなかったことに気づく。

そういえば、最後に母親にお礼を伝えたのはいつだっただろう。当たり前のように用意されている食事に、綺麗に洗われて畳まれた洗濯物に、整頓された室内に、感謝したのはいつだっただろう。

「……私、今日お母さんにお弁当作り手伝ってもらったのに、お礼、言ってない」

伏し目がちに呟いた言葉は、想像以上に椎菜の心に重くのしかかる。けれど、そんな椎菜に広瀬は明るく言った。

「今からでも言えるじゃん」

「え……？」

「帰ってから伝えればいいよ。あ、そのときに俺が『弁当めっちゃ美味かったです！』って言ってたことも伝えてくれたら嬉しい」

「広瀬……。うん、ありがとう。伝えるね」

広瀬は、今まで椎菜が気づかなかったことや目も向けずに通り過ぎてしまったことをひとつひとつ教えてくれる。そんな広瀬だから――。

「椎菜？」

「え、あ、な、なんでもない」

自分の中に湧き上がってきそうだった感情をどうにか誤魔化して、椎菜はおにぎりを口に入れた。

今、広瀬が声をかけてくれなかったら――。

それはまだ気づくには早くて、けれど気づかなかったふりをするには大きすぎるものだった。

Day5

五日目、いつもと同じ時間に公園に向かう。今朝、母親にお弁当のお礼を伝えると驚いたように目を丸くして、それから嬉しそうに「どういたしまして」と笑みを浮かべていた。「次作るときはまた手伝ってあげるわよ」と言っていたけれど、それには苦笑いを向けることしかできなかった。次が来ないことなんて、椎菜が一番よくわかっていたから。

公園に向かうと、今日も制服姿の広瀬が待っていた。出会って五日、結局一度も私服姿を見ていない。

「やっほ、今日も時間通りだね」

「広瀬は今日も早いね」

「学校から直で来るから、ちょっとだけ早く着くんだよね」

毎日学校に行って、そのあと椎菜と会っているという話だったけれど、土日まで行っているの？　と、少しだけ不思議に思ってしまう。

「それで？　今日は何をするの」

「うん、今日は亜里砂に会いに行こうかなって思ってるんだ。叶えたいこととは関係ないんだけど、付き合ってくれる？」

「亜里砂ちゃんに？　もちろんいいよ」

何か用でもあるのだろうか、と思いつつも広瀬に付き合うという約束だったので、椎菜は特に反対することなくバスと電車に乗って亜里砂の元へと向かった。

亜里砂は初めて会ったときと同じように、商店街から一本内側の路地に入ったところにあるシャッターの前で今日もギターを弾いていた。

聞いたことのある曲を弾き終わると、亜里砂は椎菜と広瀬に声をかけた。

「また来たんだ」

「うん、邪魔だったかな？」

「別に。春休みも明日で終わりだからさ、今日は思う存分弾いておこうと思って朝からやってたんだ」

そういえば、明日が春休み最終日だ。椎菜の部屋にあるカレンダーにもバツ印が随分と増えた。もうすぐ全てが終わる。そう思うと、楽しみなようで、それでいて少しだけ不安に思う。前まではそんなふうに感じたりしなかったのに。

「そういえば、亜里砂は二年の文理選択どっちにしたの？」

唐突に広瀬が尋ねた。亜里砂は「えー？」と少し迷ったような表情を浮かべたあと、渋々といった様子で口を開いた。

「理系だけど」

「へえ。なりたいものがもうあるとか？」

「まあね。私、養護教諭になりたいんだよね」

「養護教諭って保健室の先生ってこと？」

手元のギターをまるで照れ隠しのようにジャジャジャーンと亜里砂はかき鳴らす。

「教室に行けなくて苦しかったときの私の支えになってくれた先生みたいになりたいんだ。理系を選んだのも、先生が理系から教職取ったって聞いたからそれだけ」

「凄い……。ちゃんと、考えてるんだ」

同い年のはずなのに、亜里砂がちゃんと将来のことを考えて文理選択をしていることにショックを受けた。クラスの女子の大半がなんとなく文系に行くと言っていた。椎菜を虐めていた元友人たちも「化学も物理も嫌だから文系にする」なんて理由で文系を選んでいた。

「……椎菜は？」

「え？　私？」

「そう。あんたはどっちにしたの？」

亜里砂の理由を聞いたあとで、自分の話をするのは恥ずかしかった。けれど、亜里砂もそして広瀬も椎菜の答えを待つようにまっすぐに見つめてきていて、逃げ場はどこにもなかった。

「……私も、理系」

「へえ！　じゃあ、一緒じゃん！」

「そっ」

「で、でも私のは違うの！」

一緒だと言われて慌てて否定してしまう。二人の視線が怖くて、俯(うつむ)いてギュッと目を閉じた。

「亜里砂ちゃんみたいにちゃんと考えて選んだとかじゃなくて、その離れたい子がいて、その子が文系を選ぶっていうからそれなら私は理系にしようって安易な理由なの。だから」

「別にいいじゃん。理由なんてなんでも」

「え？」

あまりにもあっさりと言われて、椎菜は拍子抜けしてしまう。恐る恐る目を開けると、そこには肩をすくめる亜里砂と頷(うなず)く広瀬の姿があった。

「そりゃ入試のこととか考えたらちゃんと理由があって理系を選ぶ方がいいのかもしれないけどさ、でも化学好きだからとか物理やってみたいからとか、理由なんてどうでもいいと思うけどな」

「そう、なのかな」

「そうそう。それで私は椎菜が一緒の理系だってわかってちょっと嬉しい。もし一緒のクラスだったりしたらもっと嬉しいかもしれない」

「亜里砂ちゃん……」

そんなふうに言ってもらえる人間じゃない。自分はただ嫌なことから逃げ出して、仕舞いには自分自身を終わらせようとしているただの弱虫だ。死を受け入れて生を全うしようとしている広瀬とも、このあとの未来を夢見て頑張ろうとしている亜里砂とも違う。自分だけがこの場所から一歩も動けていないのだ。

「椎菜はさ、私と同じクラスだったら嬉しい？」

「それは……うん、嬉しい」

「そっか。……そっかぁ」

椎菜の返事に、亜里砂はわかりやすく顔をほころばせていた。こんな表情をしてもらえるなんて思ってもみなかった。

「へへ、私少しだけ新学期が楽しみになったよ」

「ありがとう」

私も、と言えなくてごめんなさい。

椎菜は心の中で亜里砂に謝罪する。亜里砂が登校する教室に、椎菜はいない。同じクラスだとかそうじゃないとか関係なく、そこに椎菜が通うことはないのだ。

でも、今だけは——新しくできた友人の嬉しそうな表情を、曇らせたくなかった。

Day6

　朝からカレンダーにバツ印をつける。明日はいよいよ始業式だ。明日の朝、学校に行くフリをして椎菜は自分の生を自分の手で終わらせる。

　ふう、と息を吐き出して部屋を出た。本当は明日まで広瀬と会う約束をしていたけれど、今日で終わりにしてもらうように言わなければいけない。そのとき理由を尋ねられるだろうか。本当のことは言えない。けれど、なんて言えばいいだろう。そんなことを考えていたら昨日の夜はなかなか寝付くことができなかった。

　今日はいつもよりも十分ほど早く家を出た。これなら広瀬よりも先につけるだろう。そう思ったのに、最後の日まで広瀬は律儀に制服を着て、椎菜が着くよりも早く公園にいた。

「早すぎない？」

「椎菜こそ、今日は早いね」

「広瀬より先に来ようと思ったの。でもやっぱり負けちゃった」

　唇を尖(とが)らせる椎菜に、広瀬は笑う。この笑顔を見るのも、今日で最後だ。

「ねえ、広瀬のやりたかったことってあと何が残ってたっけ」

椎菜は叶えてきたことを指折り数える。広瀬と過ごしたのはたった六日間だったけれどいろんなことがあった気がする。ビックリパフェを食べたことも、初めて猫カフェに行ったことも。それから亜里砂と出会えたのも広瀬のおかげだ。

「あれ？　まだ五つだ。あと二つ残ってるね」

椎菜の言葉に、広瀬は静かに首を振った。

「六つ叶ってる。だから残りはあと一つだよ」

「六つって、でもパフェと猫カフェと路上ライブと、それからお弁当、あと友達がほしいっていう五つじゃあ……」

「六つ目は最初に叶ったんだ。会いたい人に会いたい。椎菜、俺は君に会いたかったんだ」

「私に……？」

まさかの告白に、椎菜の心臓が音を立てて鳴り響く。

「だからこれで六つ。でも最後の一つはどうも叶えられそうにないから、椎菜に代わりに叶えてほしいんだ」

「叶えられないって、どうして……。それに、私にって……」

広瀬は満開となった桜の木を見上げると、静かに口を開いた。

「その前に。ねえ、椎菜は死ぬまでにしたい七つのこと、見つかった？」

「私……？」

思いがけない広瀬の言葉に、声を詰まらせてしまう。けれど、そんな椎菜を気にすることなく、広瀬は話を続けた。

「そう。椎菜の死ぬまでにしたい七つのことって、何？」

「それは……」

笑って誤魔化そうとするけれど、広瀬の表情は真剣で、質問から逃げさせてはくれない。

広瀬は知らないけれど、椎菜は明日死ぬ。その前にしたいことはあるだろうか。

胸の奥に、一つの光景が思い浮かんだ。教室にいる、亜里砂に手を振る、そんな――ありえるはずのない、景色が。放課後に、亜里砂と二人で出かける姿が。広瀬と、隣の席で笑い合う姿が。

どれも死ぬ前にしたいと思うにはどこか前向きで、でも訪れるはずのない光景だ。

「やっぱり、見つからなかったんだ」

「そう……」

「ね、私のことなんかより。広瀬の叶えられない最後の一つって何？　それを今から叶えに行こうよ」

椎菜の言葉に、広瀬は小さく微笑んだ。その表情が何もかもを諦めているように見えて苦しくなる。

「俺にはもう無理だから、椎菜に代わりに叶えてほしい」

広瀬は先ほどと同じことを言うと、真っ直ぐに椎菜を見つめた。

「お願いだ」

「内容もわからないのに、頷けないよ」

「それは、そうだね」

クスリと笑ったかと思うと、広瀬は俯きがちに目を伏せた。前髪が顔にかかり、表情が見えない。

何を言おうとしているのだろう。今広瀬は何を考えているのだろう。

「ひろ……」

「学校に、行きたい」

椎菜が呼びかけるよりも早く、広瀬は口を開いた。椎菜の耳に聞こえてきたのは、今の椎菜にとって一番難しいことだった。

「学校って……そんなの、私には無理だよ……」

「どうして?」

「私は……虐めに立ち向かう勇気もない弱虫なの。嫌なことから逃げることもできず、臆病なままで生きてきた。だからもう全部終わりにしたい。虐められるだけの毎日からも、戦う勇気のない自分も全部もういらない」

そのために、自分の生を自分で終わらせるんだから。

「……椎菜は弱虫なんかじゃないよ」

「広瀬が私の何を知ってるっていうの！　たった数日一緒に過ごしただけで、知ったようなこと言わないでよ！」

こんなの八つ当たりだとわかっている。でも言わずにはいられなかった。

「そう、だね。俺はこの六日間の椎菜しか知らない。でもたった六日間だったけど椎菜がどれだけ優しくて人のことを思いやれて、素敵で、それから魅力的な女の子かってことはわかっているつもりだよ」

「そんな、こと……」

「それに、君はもう一人じゃないよ。味方になってくれる人も、友達もいる。……本当はそこに俺も入りたかったんだけど」

広瀬は桜の木に手をかざす。その手が、何故か透けて見えた。

「え……？」

「悔しいな。もうタイムリミットみたいだ」

「ひろ、せ……？」

「もう一日もっとおもったんだけどな」

「広瀬ってば！　どういうこと……？」

「……俺、椎菜にずっと嘘を吐いてた。本当はもうとっくに死んでるんだ」

一瞬、広瀬の言葉の意味がわからなかった。だって目の前に広瀬はいて、笑ってて、なのに、死んでいるっていったいどうして――。

「椎菜に出会った日を覚えてる？　あの前日に、俺は――長年の闘病生活に幕を閉じた。ずっと学校に行きたがっていた俺を不憫に思って、両親は最後に制服を着せてくれたんだ」

「まさか、だからずっと制服姿だったの……？」

「そういうこと」

「そんなの……」

無意識のうちに、椎菜は広瀬に手を伸ばしていた。けれど、その手は広瀬の身体に触れることなく、宙を掻いた。

「嘘……」

広瀬の身体をすり抜けてしまった自身の手のひらをジッと見つめる。何かに触れた感触はなかった。そこに広瀬がいるはずなのに、椎菜の手は何にも触れることができなかった。

「椎菜、俺」

広瀬の声が聞こえる。けれど、その瞬間強い風が辺りに桜の花びらをまき散らすように吹き上がった。

「きゃっ」

反射的に目を閉じる。そして、ようやく椎菜が目を開けたとき——そこには誰の姿もなかった。

「広瀬……？」

最初から誰も存在しなかったかのように、広瀬は忽然と姿を消した。

「嘘、だよね。ねえ、広瀬！」

どれだけ名前を呼んでも、もう広瀬が返事をすることはない。

叶えられない約束だけを残して、永遠に消え去った。

重い足取りで椎菜は自宅へと帰る。あれから公園内をくまなく捜したけれど、広瀬を見つけることはできなかった。

本当に消えていなくなってしまったのだろうか。もう会うことはできないのだろうか。

広瀬は、死んでしまったのだろうか。

抱えることができない思いに押しつぶされそうになりながら、椎菜は自宅のドアを開けた。

「……電話？」

リビングから聞こえてくるのは家の電話が鳴る音だった。スマホにかけてくる人が殆ど滅多に家の電話なんて鳴らないのだけれど。

そのうち切れるだろうと思っていた電話は、喧しく鳴り響き続ける。

「……はい、桜庭です」

仕方なく出た電話の向こうから、聞き覚えのない女性の声がした。

「あ、桜庭椎菜さんのお宅でしょうか」

「そう、ですけど。あの、どちら様でしょうか」

「私……広瀬直の母親です」

それは、広瀬の母親からの電話だった。

はあはあと息を切らせながら、電話で聞いた広瀬の自宅へと向かう。どうして広瀬の母親が電話をかけてきたのかはわからない。ただ椎菜に渡したいものがあると言っていた。

「ここだ」

震える手で、チャイムを押す。

ほんの少しだけ、期待していた。ドアが開いたら、その向こうに広瀬の姿があって「ビックリした？」なんて言って笑ってるんじゃないかって。

でも、現実はそんなに甘くなかった。

「はい」

開いたドアの向こうにいたのは、やつれた女性だった。どこか広瀬に似ている気がした。

「急にお呼び立てしてごめんなさいね」

「い、いえ」

広瀬の自宅は掃除が行き届いていて綺麗で、それからお線香の匂いがした。

「ここです」

襖を開けると、そこは和室で仏壇に置かれた写真には、見覚えのある笑顔の広瀬が写っていた。

「一週間前にね、亡くなってしまって」

「そう、なんですね……」

本当に広瀬は死んでしまっていた。広瀬の話を信じたくはなかったけれど、こうやって目の当たりにすると疑うわけにはいかなかった。

でも、そうなると疑問が浮かび上がる。どうして椎菜はここに呼ばれたのだろう。

広瀬の母親は椎菜と広瀬が過ごした六日間を知らないはずだ。それ以前に二人の間に接点はない。元クラスメイトだから、という理由で呼ばれるには、関わりがなさ過ぎる。

「あの」

「ああ、ごめんなさいね。今日はね、あなたに渡したいものがあったの」

そう言って母親は一枚の写真を椎菜に見せた。そこには――今よりも少しだけ幼い表情の椎菜と広瀬が写真の端と端に写っていた。

「これは……」

「入学式の日、どうしてもあの子に撮ってくれってたのまれてね。一目惚れだったらしいの」

「広瀬が、私に……？」

椎菜の言葉に、広瀬の母親は柔らかい笑みを浮かべながら静かに頷いた。

「学校に行ってあなたに会いたいんだって、次に会えたら告白するんだって言って、辛い治療もずっと頑張ってたの」

「嘘……」

「苦しくても弱音一つ吐かずに……いつかあなたに会ったときに胸を張って会える自分でいたいんだって。そう言って」

広瀬は、逃げなかった。治療からも、そして死からも。

椎菜の脳裏に、広瀬の言葉がよみがえる。

『学校に、行きたい』

彼は最後にそう言っていた。もう自分自身は行くことが叶わないとわかっているのに、椎菜に願いを託すという形で、学校に行きたいと言っていた。

それはもしかすると、自殺しようと決めていた椎菜に対して、立ち向かえ、生きろと伝えたかったのかもしれない。

広瀬は、六日間をかけて椎菜に生きる楽しさを教えてくれようとしたのかもしれない。椎菜の世界を、広げようとしてくれたのかもしれない。

「……お線香、あげてもいいですか」

「ええ。きっと喜ぶわ」

仏壇の前に座ると、写真の中の広瀬と目が合う。

「……初めて、私服姿見たよ」

見慣れた制服姿ではない広瀬の姿。

「……格好いいじゃん」

そう言った椎菜の言葉に、写真の中の広瀬が照れくさそうに笑った気がした。

Day7

翌朝、椎菜は制服を着て、広瀬と会っていた公園にある桜の木の下に立っていた。ここに来ると、広瀬のことを思い出す。好きだなんて伝えられていない。椎菜も芽生えはじめていた気持ちを伝えてさえいない。

でも、それでも言葉にしなくても広瀬が椎菜を大切に想ってくれていたように、椎菜にとっても広瀬は大事な人だった。

桜の季節になるたびに、きっと彼のことを思い出すだろう。桜のように精一杯生きて散った、優しくて大切な彼のことを。

「行ってくるね」

そっと桜の幹に触れると、椎菜は歩き出した。制服の胸ポケットの中には、広瀬と一緒に写っている写真。大丈夫、一人じゃない。

顔を上げた椎菜の目の前を、散りゆく桜の花びらが舞う。

まるでもうここにはいない広瀬が「頑張れ」と伝えてくれているかのように。

明日へのトビラ

小鳥居ほたる

小鳥居ほたる（ことりい・ほたる）

石川県野々市市在住。二〇一八年、『記憶喪失の君と、君だけを忘れてしまった僕。』にて作家デビュー。著書に『壊れそうな君の世界を守るために』『こんなにも美しい世界で、また君に出会えたということ。』『あなたは世界に愛されている』『あの日に誓った約束だけは忘れなかった。』などがある。

3月4日

かじかんだ指先で数日前に面接で訪れた郊外にあるファミレスのドアを開けると、制服を着た背の高い男の人と目が合う。お兄さんは一人で来た私を新規のお客さんだと認めたのか、忙しそうな表情から一転して、まるで先ほどまでもそうであったかのような柔和な笑みを顔に張り付けた。

こちらに近づいてくると、ふんわりとホワイトムスクの良い香りが鼻腔を抜ける。

「いらっしゃいませ。本日はお一人様でお間違いないでしょうか？」

「今日からアルバイトでお世話になる三枝です。店長から谷口さんという方を訪ねるように言われているのですが、どちらにいらっしゃいますか？」

ここに来るまでに何度も心の中で練習した最初の挨拶を一言一句違わずお兄さんに伝えると、いつもお客さんへ見せているであろう表情から一転して、眉を寄せながら困った表情を浮かべてくる。

「谷口は俺だけど、困ったな。実は俺、店長から君のこと何も聞いてない」

「あ、そうなんですか……」

「ちょっと待っててね。今確認するから」

お兄さんは胸ポケットに挟んであったマイクに口元を近づけ、「新しいアルバイトの子が来たんだけど、誰か店長から聞いてる人いないですか？」と報告してくれた。だけど返ってきた内容が芳しくないものだったのか、今度は困ったように笑った。

「やっぱり、まだ制服とかも用意してないみたい」

「あの、今日は出直したほうがいいですか……？」

「せっかく頑張って来てくれたのに、それは申し訳ないから。今日はそんなに忙しくないし、簡単にだけど俺が店内のこと教えるよ」

ありがとうございますとお礼を口にする前に、「ついてきて」と優しい声音で谷口さんが言ってくれる。私はぺこりと小さく頭だけ下げて、先輩の後をついていった。

タイムカードの切り方から始まって、開店前の作業や調理場の人たちへの挨拶。それからインカムの使い方や、注文を受けるときの端末（ハンディターミナルというらしい）の使い方を教わっていると、いつの間にか閉店時間が過ぎていた。

数日前に面接を受けた奥の個室で待機していると、先ほどまで付きっ切りで指導をしてくれていた谷口さんが二人分のオムライスをお盆に載せて戻ってきた。

「お待たせー。これ食べていいよ」

「え、いいんですか？」

「うち、たまに賄い出るから。調理場の和泉さんが三枝さんに持ってけって」

「ありがとうございます」

　オムライスからは、出来立てを主張するようにまだうっすらと湯気が立ち上っている。受け取ったスプーンで料理を頬張ると、覚えることがいっぱいで疲れていた脳がようやく休まったような感覚を覚えた。

「三枝さんって高三？」

「そうです」

「へえ。実は俺、三枝さんと同じ年齢の妹がいるんだよ。受験生、大変でしょ？　もう進路とか決まってるの？」

「受験は全部終わってるんですけど、本命の大学の結果がまだで。合格発表は三月八日なんです」

　私たちは偶然にも同じタイミングで壁に掛けられたカレンダーを見た。三月の日付の三の数字まで斜線が引かれており、今日が過ぎれば三日後には結果が告知されることを思い出して、心臓がどくんと一拍はねる。

「そっか。それじゃあ、あと少しの間だけドキドキだね」

「はい。でも滑り止めの大学は受かってるので、ちょっとだけ気は楽です」

「そうなんだ。ちなみにどこ受けたの？」

　オムライスをさらに一口頬張った後、私は何の気なしに二つの大学の名前を答えた。どっちが滑り止めで、どっちが本命か、十人に聞けば十人が同じ回答をするくらいわかりやすい答えに、しかし谷口さんの表情は固まっていた。

　口の中にスプーンを入れたままの姿に首をかしげると、オムライスを飲み込んでから、その理由を教えてくれた。

「俺、北稜大。もしかしたら三枝さんと大学でも先輩後輩になるかもね。って、こんなこと結果が出る前に言っちゃうの、あんまよくないか」

　そんな風に、笑いながら気にしていないように谷口さんは言うけれど、私がとんでもない失言をしてしまったのは明らかだった。ごめんなさいと謝罪の言葉を口にしようとすると、休憩室のドアが中の様子をうかがうような緩慢さでそろそろと開いた。

「あのー、締め作業も終わったので、そろそろ」

「ごめん乾さん。もう俺たち食べ終わるから」

　乾さんという女性は、私が来店したときに谷口さんと一緒にホールを任されていた人だった。おそらく谷口さんと同じく大学生で。目が合うと、お互いに会釈だけをして乾さんはドアの向こうへと戻っていった。

「というわけで、急ごうか」

「あ、はい……」

結局、謝罪の言葉を言い出すタイミングもないままお皿の上からは料理がなくなって。「三枝さんは帰り支度済ませておいて」とだけ言って、谷口さんは二人分の空いたお皿を持って休憩室を出ていった。

その後一度更衣室の前で合流したけど、乾さんもいたから謝罪を切り出せなくて。

お店を出ると谷口さんは思い出したように「そういえば、妹も三枝さんと同じ大学受けたって言ってたから、春からは同級生になるかもね」と前向きな言葉を言い残して、裏に停めてあったコンパクトカーに乗り込んで悠々と帰宅してしまった。

「美憧ちゃんだっけ、これからよろしくね」

「あ、よろしくお願いします……」

「どしたん？　元気ないね。初めてのアルバイトで疲れた？」

「そうかもしれないです」

私は同い年の女の子の中では背の高さが平均的で。励ますようにガッツポーズをしてくれた乾さんは、ちょうど私の目線の高さくらいの身長だった。

「次から本格的にホール立つことになると思うから、しっかり休んで頑張らんなんよ！」

「その意気だ！　ところで、どうしてこんな時期にアルバイトなんて始めたん？　大学生になってからでも遅くないのに」

小動物のような純粋な瞳を向けられて、そのにごりのなさに一瞬言葉が詰まってしまったけど、すぐに持ち直してその気持ちを言葉にした。

「えっと、どうしようもない自分を変えたくて……」

笑われると思ったけど、乾さんは「そっかそっかー。えらいね最近の高校生は！」と、私の背中を叩いてくれた。そのおかげで少しだけ沈んでいた気持ちは浮上したけど、夜風にあたって頭を冷やしたかったから、「送っていこうか？」という乾さんの言葉は丁重にお断りさせてもらった。

それから私は、重い足取りで自宅へと帰った。

3月5日

アルバイトを始めれば、私の中の何かが変わると思っていた。だけど始まってみれば気の重くなる場所が一つ増えてしまっただけで、今日もいつもと変わらずに残り数日の登校となった学校へのバスに揺られていた。

きっと、小学生のころから学校という空間が苦手だった。特にこれといったエピソードなんてなかったけど、昔から私は集団に属することが何となく苦手で。いつも人の顔色をうかがうようにひっそりとした毎日を送っていた。

そんな私にできた友達は片手の指で数えられるほどで。人数なんて関係ないとどこかの誰かは言ったけど、今までに手放しで友達だと呼べたような人とは、中学を卒業するとともに次第に疎遠になっていった。

昨日の谷口さんとの一件からも、人付き合いの苦手な理由が私にあることなんて明白だ。それを久しぶりに思い知った私は、自習中も昨日の失言を明日のアルバイトの時間に謝らなければいけないという思いでいっぱいだった。

お昼ご飯を自分の席に座って一人で食べていると、五限目は体育館で卒業式の予行演習だったことを思い出した。小学生の頃から、なんで卒業式の練習なんてするんだろうと思っていたけど、高校生になった今もその理由はわからなかった。立って座ってまた立って、卒業証書を貰い別れの歌を歌って退場する。一回やれば覚えられそうなことを、確かもう四回はやってる。

回数を増すごとに生徒のだるそうな声が聞こえてくるようになって、結局今日もそれは同じだった。暖房もついていない寒い中の練習だったから、終わったころには足の先まで冷たくなっていて。早く教室へ戻ろうとクラスメイトの集団に紛れて歩いていると、「三枝ちょっといいか」と担任の先生に呼び止められた。

「……なんですか？」

「そんなめんどくさそうな顔するなって」

「だって寒いですから。早く帰りたいです」

「悪い悪い。ちょっと確認したいことがあっただけだから。たしか公立の合格発表、今週だったよな」

「そうですけど」

「そっかそっか。受かってるといいな」

なんで呼び止めてまでわざわざそんなことを聞いてきたんだろう。その理由を考えてみて、もしかすると受け持った生徒の進学先がよければ担任の先生の評価が上がる仕組みなのかもと邪推してしまった。私はきっと、性格が悪い。

「ところで、どうして名峰にしたんだっけ。市内にも似たような偏差値のところあったのに」

「……別に理由なんてなかったです。ただ家から少し距離がある場所がよかっただけで」

「あー、まあ最近はそういう子、増えてきてるからな」

「ついでに聞きたいことがあるんですけど、どうして卒業式の練習なんてするんですか？」

「そんなこと先生に聞かれても知らん」

身も蓋もないことを言われて、思わず肩の力が抜けてしまう。先生が知らないなら、きっと当日の見栄えのためにやってるんだろうなと勝手に納得したところで、先生は続けた。

「だけど、意味があることを考えること自体に意味があるからな。みんなかったるいとか言って練習は真面目にやらないけど、大抵の生徒は当日になったらそこそこ真面目な顔して式に臨むんだよ。きっと本人が気付かないうちに意味を何となく理解して、一歩ずつ大人になっていくんだと思うぞ」

「はあ……」

先生の言っていることは、よくわからなかった。わからなかったけど、「ちゃんと疑問を口にできる三枝はえらいな」と褒められた。

「大学、落ちてたらごめんなさい」

「なんで俺に謝るんだよ。私立受かってるんだから、そっち行けばいいだけだろ？」

「でも、公立受かってたほうが嬉しいですよね？」

「別に、最後に通ってよかったって思えるとこなら、先生はどこでも嬉しいぞ」

なんて、またよくわからない言葉を残して、先生は歩いて行った。私も首を傾げつつ、隣のクラスに交じって教室に戻った。

3月6日

きっとアルバイトを辞めるなら、できるだけ早いほうがいい。そんな悪魔の囁き(ささや)が頭の中をよぎったけど、今日逃げ出してしまえば、この先の人生でずっと逃げる選択肢を選んでしまいそうで。だから私は昨日よりも重い足取りで、学校帰りに制服のままファミレスへと向かった。

裏口から入って、一昨日(おととい)習った通りタイムカードを切りに事務室へと向かう。タイミングがいいのか悪いのか、ちょうど事務室を出てきた谷口さんと鉢合わせた。

「あ、おはようございます……」

「おはよう三枝さん。まだ始業の二十分も前なのに早いね」

「ホームルーム、今日はなかったので」

「そっか。それじゃあ仕事まで時間あるから、タイムカード切ったら休憩室で休んでなよ」

「はい……」

これからバイトだっていうのに覇気のない声で返事をすると、「もしかして風邪？」と心配されて顔を覗き込まれた。

「大丈夫です。大丈夫ですっ！」

「そう？　最近流行ってるみたいだから、一応気を付けなよ」

「気を付けます……」

開口一番謝罪をするつもりだったのに、結局タイミングを逸してしまって谷口さんは男子更衣室へと入っていった。

本格的に仕事が始まって、初めてのレジ打ちを教わっているときにも私は上の空だった。アルバイトは労働だから、時間に対して賃金が発生しているのに。金額の打ち間違えをしてしまった時も、自分の不注意だったにもかかわらず、谷口さんはお客様がお店を出た後に「初めてなんだから、焦らなくてもいいよ」と気にかけてくれた。

仕事に私情を持ち込むなんて最低だ。私は一度目を閉じながら大きく深呼吸をした。それから、どうしてわざわざ高校の卒業前にアルバイトを始めようと思ったのかを心の中で思い返す。

その理由は、私のどうしようもない生き方を変えたかったからだ。

「すみません谷口さん。あまり集中できてなかったです。いろいろ悩み事があって

「……」

「あ、そっか。明後日には合格発表だもんね」

「……それもそうなんですけど。実は休憩中にお話ししたいことがあって」

「今聞けるような内容なら、今聞こうか？」

「いえ、今は仕事中なので」

「そっか。それじゃあ、あと一時間頑張ろうか」

頷くと、入り口のドアを押して家族連れのお客様が来店された。気持ちを切り替えた私は、「いらっしゃいませ！」と、珍しく元気な声を出すことができた。

「なんだ、そんなこと気にしてたんだ」

あれからお客様の波がピークに達し、休憩を挟むことができないまま閉店時間になった。営業中はあまりの忙しさから不慣れながらもホールを任され、何度か失敗しそうになったものの、谷口さんのサポートもあって無事にクレームを受けることなく一日を終えることができた。

今日も谷口さんは調理場からドリアを持ってきてくれて、私たちはおやつ代わりにほおばっていた。

「別に気にしてないよ。というか俺も、今通ってるところは滑り止めだったし」

「そうなんですか？」

「もともと私大じゃなくて公立志望だったんだよ、俺。ただ公立のほうは落ちちゃって。仕方なくって感じだから。って、明後日合格発表の後輩の前で落ちるとか言っちゃだめだよな」

「別に、それはいいんですけど……」

そういう非科学的なものは、最初からあまり信じていなかったから。

「今通ってる大学って、楽しいですか？」

「楽しいか楽しくないかで聞かれたら、普通かな」

二択じゃないじゃんと思わず突っ込みそうになってしまったけど、そんな軽口を言い合えるような関係性ではないと思ったから、今度は失言をしないように言葉を飲み込んだ。

「でも、新しくやりたいことは見つかったから」

「やりたいこと、ですか？」

「そうだよ。もともとはやりたいこともなくてとりあえずいい大学を目指してたんだけど、今通ってる大学に入ってから目標ができたんだ」

「それって、参考までに聞いてもいいですか？」

自慢げに話してくれたから普通に教えてくれるのかとも思ったけど、谷口さんは少し照れくさそうな、出会ってから初めて見せる表情を浮かべた。

「学校の先生になりたくて。まだ二回生だから、これからまた目標が変わるかもしれないけど」

「先生、ですか……」

それは自分の未来予想図には一ミリも描かれてなさそうな夢だった。

だって、学校が嫌いなんだから。

「結局、どこに行くかじゃなくて、何をするかなんだと俺は思うよ」

わかりやすい言葉で会話を締めてくれた谷口さんはすでにドリアを完食していた。

「そういえば、一昨日も今日もここでご飯食べて大丈夫？　親御さんが作ってたりしない？」

「大丈夫です。いつもコンビニかスーパーのあまりものなので」

普段人と会話をすることが極端に少ないから、聞かれたことに素直に答えてしまったことを後悔したのは、裏口から店を出て鍵（かぎ）をかけたときだった。

私が今日も失言をしてしまったとき、谷口さんは『そっか』と気にしてないそぶりを見せていたけど、別れ際に「よかったら送ってこうか？」と気を遣うような表情で言ってくれた。

「大丈夫です。歩いてほんの五分なので」

学校や家の近くは嫌だったから、本当はバスに乗って二十分くらいの距離だけど。

3月7日

朝、学校へ行く支度をしていると、リビングのほうから拓哉（たくや）くんの明るい笑い声が聞こえてきた。今週末は両親と弟の三人で焼肉に行く日だったのを思い出したのは洗面所で歯を磨いていた時で。ぺっと口の中の歯磨き粉を吐き出したとき、ドアが開いてお母さんが様子をうかがっているのが鏡越しに見えた。

「どうしたの？」

後ろも振り返らず、鏡越しに会話をする。

「美憧も、やっぱり一緒に外食どうかなって」

「別に、気を遣わなくていいよ。それに、もうアルバイトの予定入れちゃってるし」

「そう……」

どこか残念そうな表情を浮かべる母。居間に戻るのかと思ったけど、お母さんはそこでじっとしていて。どうしたの？　と聞こうとしたら、娘が相手だっていうのに遠慮がちに「そういえば、入試の結果はどうだったの？」と聞いてきた。

「受かってたよ」

一言で済ましたけど、お母さんは珍しくうれしそうな表情を見せてきて。なんで今更そんな表情をするのかわからなかった私は、もう鏡を見るのをやめた。

「おめでとう」

「第一志望じゃないけどね」

「……そうなの？」

「だいぶ前に言ったじゃん。明日合格発表だって」

「近くの大学に行くと思ってたから……。だって、電車で行かなきゃいけないでしょ？」

「早く起きて行けば間に合うよ。それより、学校遅刻しちゃうから」

「ごめんね……」

お母さんはそれ以上何も言わずにドアを閉めた。

今朝テレビを見ることは一度もなかったけど、今日の占いで私の星座はもしかすると最下位だったのかもしれない。そんな卑屈なことを思ったのは、昼休みにちょっと席を離れて戻ってきたら、私の席を勝手にクラスメイトの女の子に占拠されていたからで。名前も忘れた後ろの席の男の子と、仲睦まじげに会話をしていた。

放課後に友達とファミレスに行くとかなんとか話しているのが聞こえてきたけど、まさか私の働いている場所じゃないかと聞き耳を立ててしまう。だけどすぐに、話の方向性が卒業旅行に切り替わったから、チャイムが鳴るまで学校内をぶらつこうと思った。

高校の卒業式は明後日。卒業証書を担任の先生から受け取って、その日を無事に終えれば、高校という孤独な箱庭から解放される。

そのあとは全部をやり直したかったから、電車で一時間の距離にある大学を受験した。誰も私のことを知らない離れた場所で生活をするのが、今の私のすべてだった。そうすれば、何かが変わると思ったから。

「おはよう、三枝さん」

タイムカードに打刻して事務室を出ると、ちょうど制服に着替えた谷口さんとすれ違った。私はぺこりと頭を下げる。

「おはようございます」

「今日、なんか元気ない？」

「気のせいだと思いますけど」

「そう？」

「もしかすると、今日の星座占いの結果が悪かったのかもしれないです」

「三枝さんっておひつじ座？」

こくりと頷くと、谷口さんはなんとも微妙な表情を浮かべた。

「確かに、今日最下位だったね」

「谷口さんって、そういう番組見るんですね」

「あんまり信じてないけどね。家族がいつも見てたから。たしかラッキーアイテムは炒飯だっけ」

あまり運のいい一日ではなかったけど、奇しくも今日の夜ご飯のメニューが決まったのは幸いだった。帰りにコンビニに寄って、残っていたら炒飯を買っていこう。

そんな風に今日もアルバイトの時間が始まって、スムーズにお客様の注文を受けられるようになってきたなと感じてきた頃、入り口のドアが開くと共に数名の賑やかな女性たちの声が聞こえてきた。

ちょうど私がレジを打ち終わったタイミングで、三番テーブルのお客様が呼び出しのブザーを鳴らす。谷口さんから「ごめん三枝さん、今来たお客様、席まで案内して」と、仕事を任されるようになって、ちょっとだけ自身の成長を感じた。

はいと返事をして小走りで入り口へ向かうと、そこにいたのは三名の女子高生で。着ていた制服が私の高校のと同じだと気付いた時、いらっしゃいませと発するはずだった喉が冷たく凍り付いた。

「え、マジ？　三枝じゃん」

そこにいたのは、昼休みに私の席で話をしていたクラスメイトだった。

「あ、い、いらっしゃいませ……」

なんとか声を絞り出すと、緊張からか脇の隙間から冷たい汗が一筋滑り落ちた。一瞬、今自分が三年二組の教室にいると錯覚する。周囲のファミリーの賑やかな会話に、ホームルームの終わった直後の生徒たちの喧騒が重なった。

不協和音のような音の重なりに、今すぐ耳をふさぎたくなる。けらけらと笑うクラスメイトの顔が、私の目の先に張り付いた。

「うわ、似合ってなー。てか三枝ってこんなとこで働くようなタイプだったっけ」

「あ、あの、三名様でよろしいでしょうか……？」

「やめときなよ、美咲。店員さん困っちゃってるよー」

おそらく他クラスの女の子が冗談交じりにそう言うと、何が面白かったのかまた三人でどわははと笑い出す。不自然に固まってしまった口角をなんとか持ち上げて、「お、お席まで案内します……」と発し、返事も待たずに窓際の一番奥まった席へと彼女たちを案内した。

「ていうかお友達割引とかないの？　あたしたちドリンクバー頼みたいんだけど」

「あの、そういうのは……」

　そもそも私たちが喋ったのは、多分今が初めてだ。

　一刻も早くこの場から逃げたくて、メニューだけ広げて立ち去ろうとすると、ピカピカの装飾がついたスマートフォンのカメラがこちらに向けられていることに気づいた。

「同じクラスの三枝さんでーす」

「ちょ、ちょっとやめてよ……」

「えー、いいじゃーん。みんなに来てもらったほうがお店の売り上げ上がるでしょー？」

　またけらけらと笑われて、ついに泣き出してしまいそうになったその時、私の視界から彼女たちの姿が消えた。

「申し訳ございません。当店はそういったお店ではないので、従業員の撮影はお控えください」

　私とクラスメイトの間に入ってくれたのは谷口さんだった。空いた席の食器を片付けている最中だったのか、お皿の載ったお盆を持ったまま私のところに来てくれて。

　彼の声を聴いたとたん、心の中がじんわりと温かくなっていくのがわかった。

「撮影した動画も今すぐ削除してください。従って頂けないと、上のものを呼ぶことになります」

「わ、わかりました……」

有無を言わせないような緊迫した声に怯んだのか、クラスメイトの女の子は言われた通りにスマホに保存されていた私の動画を消してくれた。それから谷口さんは手のひらで私に下がるように指示してくれて、素直にその場を離れると後ろから「それでは、ご注文は何になさいますか？」と、いつも通りの調子で彼女たちに注文を取っている声が聞こえた。

ちょうどレジを打ち終わったタイミングの乾さんに、「美憧ちゃん、裏で休んでていいよ」と声を掛けられる。

「え？　でも……」

「たにぐっちゃんの指示だから。俺が休憩室行くまで休んでていいよ、だってさ」

「……わかりました」

そこそこ忙しい時間に一人だけ休憩に入るのはどうかとも思ったけど、仕事を教わっている先輩の指示だから、素直に裏に下がることに決めた。最後にちらりと窓際の席のほうを盗み見ると、いつの間にか谷口さんを見る女の子たちの表情に笑顔が浮かんでいて。

私は谷口さんのような人になりたいと思ったと同時に、心の奥でもやもやとしたものがくすぶっているのを感じた。

結局、谷口さんが休憩室にやってきたのはファミレスの営業が終了する十五分前だった。イタリア料理専門のファミレスなのに、おいしそうな炒飯を一緒に持ってきたのは、たぶん今朝の星座占いが理由なんだろう。

いつもは対面に座るのに、今日は隣に座ってくれたのは、きっと谷口さんのやさしさなんだと思う。

「これ、キッチンで作ってもらったんですか？」

「ううん。さすがにお願いできないから、料理長に許可貰って俺が作った。だから味は保証できないかな」

話をする前に炒飯を一口食べてみると、少し味付けが濃い目だったけど、誇張なんかじゃなくて今まで食べたどの炒飯よりもおいしく感じた。だから、素直に「おいしいです」と感想を伝えた。

「それはよかった」

「よく料理するんですか？」

「たまにね。簡単なものしか作れないけど」

私は今まで家庭科の授業でしか料理をしたことがないから、たぶん炒飯はおろか目玉焼きも満足に作ることができないと思う。

「さっきはすみませんでした。谷口さんにご迷惑をおかけして……」

「気にすることじゃないって。そういう日もあるよ。それより、大丈夫？」

「大丈夫です。いつものことなので、ずっと座ってたら落ち着きました」

もう大丈夫だと主張するように無理やり笑って見せると、谷口さんは悲しそうな目をした後にむっとした表情を浮かべた。

「そういうことは慣れちゃだめだ」

「どうしてですか？」

「ただ心の痛みに気づかないふりをしてるだけだから。そういうのは、溜まっていくんだよ」

きっと谷口さんには、私が泣きそうな顔をしていたのを見られていたんだと思う。気づかないふりも、気づかれないふりも私は上手だったはずなのに、そんな風に指摘をされてしまうと今更心の中が真冬の水面のように揺れた。

「……谷口さんは、私みたいに心の中にいろいろ溜め込んだりはしないんですか？」

話の矛先を変えたくて質問をすると、意外なことに即答はなかった。間があるということは、きっと何かを考えているってことで。いつの間にか谷口さんは、どこか遠くを見つめるようにただじっと炒飯を見つめていた。

「……ごめんなさい。聞かないほうがよかったですか？」

「いや、俺が言った手前、何も話さないのはないよなって考えてたんだ」

そう言うと、照れ隠しなのか何か理由があったのかはわからないけど、右手の爪の先でごまかすように頭をかいた。

「前、付き合ってた女の子がいるんだ。ちょっと、深い理由があって会いに行かなきゃいけないんだけど、なかなか勇気がでなくて」

「もう付き合ってないのに、わざわざ会いに行かなきゃいけないんですか？」

「恋愛っていうのは、結構複雑なんだよ。実は妹も彼女と仲が良かったから、最近顔を合わせづらくて」

大人っぽい言い方でまとめてみせてはいたけど、私と谷口さんの年齢は二つしか違わない。私から見れば先輩はずっと大人びて見えるけど、どうしてたった二歳の差がこんなにも大きく感じてしまうのか、未だ子供の私にはわからなかった。

「もしかして、復縁したいんですか？」

「無理だよ、絶対に。こっぴどく振られたから」

「でも、谷口さんって愛想尽かされるような人じゃないと思いますけど」

コミュニケーションをとるのが苦手な後輩の私にも面倒見がいいし。

だからこっぴどく振られてしまったというのが想像できなくて。私の言葉にちょっとは気持ちを前向きにしてくれたのか、少し照れ臭そうに頬をかきながら「ありがとね」と言った。

炒飯を食べ終わって裏口から外へ出た後、谷口さんは別れ際にコートのポケットから小さなお守りを取り出した。

「これ、あげるよ。俺の家の近くの神社のお守りなんだけど、学問の神様が祀られてるとこだから」

「頂いてもいいんですか?」

「いいよ。とはいっても、もう試験は終わって結果も出てるだろうから、あんま効果ないかもだけど」

誰かから何かを貰ったのは、数年ぶりのことだった。だから、願掛けとかご利益とか関係なく私は嬉しくて、すぐに通学に使っているカバンに貰ったお守りを括り付けた。

「合否結果を見るときはこのお守りを握りしめながら確認しますね」

「うん。明後日のアルバイトでいい結果が聞けるように俺も寝る前に祈っとくよ」

前向きな言葉をかけられて、自然と笑みがこぼれた。もしかすると、笑顔を浮かべたのも久しぶりのことだったのかもしれない。

「今日は本当に、ありがとうございました」

それから谷口さんと別れ小走りで家路を急いでいると、いつもより胸の鼓動が急いているのに気付いた。街路樹の下で立ち止まって息を吐くと、三月なのにまだ水蒸気が口元から漏れでて霧散した。

落ち着こうとしてもますます体の火照りは増すばかりで、脳裏に谷口さんの姿がよぎったとき、自分の体のおかしさの理由に気づけたような気がした。

3月8日

朝目が覚めると、昨日の浮かれた熱は体調不良によるものだったんじゃないかと錯覚するほどに頭が重かった。最近はなんとなく体の不調が続いていたから、唐突なクラスメイトのバイト先への来訪によるストレスでついに限界を超えてしまったのかもしれない。

本来なら今日も登校日だけど、もう受験も終わっているし授業もだいたいが自習だから、合格発表日の当日だけは学校を休むことに決めていた。あらかじめお母さんにもそのように伝えていたし、始業の時間を大きく過ぎた九時半に起きてしまった私をとがめる人間なんていないだろう。

エアコンを暖房で回し、重たい体を動かしてなんとかパソコン前の椅子に座る。思考の定まらない頭で、あの大学を受験しようと思った時のことを回想した。私は谷口さんと同じで、ちゃんと受験のために勉強をしたものの、どうしても学びたい何かがそこにあるわけじゃなかった。一番の動機は郊外にあるファミレスでアルバイトを始めたのと同じ理由で……高校や家から遠い場所にあるのが都合がよかったから。

「もう時間か……」

時計を見ると、もうすぐ針が十時を回ろうとしていた。いつもより胸を打つ鼓動のスピードが速いのは、緊張しているだけなのか、それとも体の不調がそうさせているのか。自分の体のことなのに、そんなこともわからないまま合否の確認ができるページを開いた。

そこに書いてある赤色の文字を見て、私は驚くでもなく泣き叫ぶでもなく、ただ落ち着いた面持ちでほっとしていた。

「受かってた……」

内心、合格という文字を見ればもっと喜ぶと思っていた。志望校に受かった事実に実感がないのか、今の私は落ち着き払っていて、しばらくその画面を見つめた後に右上のバツボタンを押下して画面を閉じた。

もしかすると、受かった事実に心が追い付いていないのは、新しい場所で生活をする実感が何も湧いてこないからなのかもしれない。何かそこでしか学べないものを学ぶために選んだわけじゃなかったから。

考えていると、忘れかけていた頭の重さが急に内側のほうからやってきて、倒れこむようにベッドに横になる。横になったままふとカバンのほうを見ると、ファスナーの引手のところに谷口さんから貰ったお守りがぶら下がっていた。このまま眠って起きたときに、もし体の調子が回復していたら、アルバイトの終わる時間にファミレスへ行ってお礼を言いに行こう。

そんなことを思いながら、私は眠りに落ちていった。

どうやら私は自分が実感していたよりもずっと疲れていたらしい。夜はいつも通りの時間にちゃんと眠ったのに、昼寝をして起きたらすでに日が落ちていた。

おかげで頭の重さはだいぶ回復したけど、今度は体がなんだかふわふわとしている。本当はまだ眠っていたほうがいいんだろうけど、時計を見るとあと三十分ほどでファミレスが閉まる時間になっていて。何かに突き動かされるように厚手のコートを羽織ると、マスクを着けて家を出た。

明日はバイトだから、合格を伝えるのはその時でもいいはずなのに。きっと無理を押して足を動かしているのは、あの時谷口さんが私のことを助けてくれて、心配してくれたからなんだと思う。

学校と家の中が、世界のすべてだった。行くことも、帰ることも私にとっては憂鬱なことで、だけど谷口さんのいるファミレスに行くときだけは、こんなにも足取りが軽かった。

それでもやっぱり体は無言で不調を訴えてきて、何度か立ち止まって休憩を挟みながらファミレスへと歩いた。だから予想よりもだいぶ時間がかかってしまって、着いたころにはファミレスの中が薄暗くなっていた。

それもそのはずで、時刻はとっくに閉店から三十分も過ぎてしまっている。谷口さんはいつも車に乗って一番に帰るから、たぶんもういないだろうなと思いながら裏手に回った。すると辺りからタバコの臭いが漂ってきて、反射的にお店の壁の陰に隠れる。

タバコの臭いは、昔から苦手だった。もうとっくにいなくなったお父さんのことを思い出してしまうから。

「店長かな……」

そういえば、面接のときもタバコの臭いが漂っていたのを思い出し、そっと壁の端から裏手をのぞいた。だけどそこに店長の姿はなく、一台の車が停まっているだけだった。その車は、いつも一番にお店を後にする谷口さんのもので……。

あらためてよく見ると車に寄りかかりながら、紫煙をくゆらせている谷口さんの姿があった。

本当なら一番に合格を伝えに行きたかったはずなのに、ここにきて私の足は凍り付いたように動かなくなってしまう。足を止めてしまった理由は、軽蔑(けいべつ)という感情からではなく戸惑いのほうが大きかった。喫煙者を差別しているわけでもないけど、谷口さんがタバコをくわえている姿を想像すらしていなかったから。

じっとその姿を盗み見ていると、谷口さんは残り四分の一ほどになったタバコをそのまま地面に捨てるようなことはせず、ポケットの中から取り出した携帯型の吸い殻入れに入れた。

そろそろ出て行かないと車に乗って帰ってしまいそうだ。そう思い始めたころ、反対側から谷口さんのもとへ一人の知らない女性が歩み寄ってくるのが見えた。

待ち合わせでもしていたんだろうか。それなら完全にお邪魔だから帰ろうとしたその時、歩み寄ってきた女性は歩調を緩めないまま右手を振りかぶって谷口さんの頬を叩(たた)いた。

「え……」

パチンという甲高い音が、こちらまではっきりと響いた。そのショックか、谷口さんは持っていた吸い殻入れを駐車場の地面に落としてしまっていた。

「あんた、いい加減にしなよ！」

突然頬をぶった女性が悲鳴のような怒鳴り声をあげても、谷口さんは何も言い返したりせずにいた。

「ユミが亡くなって、もう半年も経ったんだよ!?　あんた、あの子の恋人でしょ！」

「え……」

亡くなった、半年前、恋人。その三つの単語が、頭の中をぐるぐる回る。そうして昨日谷口さんが教えてくれたことをふと思い出したとき、女性は谷口さんを強い力で押していた。体勢を崩したのか、肩を車の側面に打ち付けて、痛そうにしていて……。それでも、谷口さんは何か言い返したりはしなかった。

「亡くなったのに、お通夜にも葬式にも出ないで……どうせその様子じゃ、お墓参りにも言ってないんでしょ……？」

「ごめん……」

「ねえ？　どうして？　どうして私に謝るの？　一番謝らなきゃいけない相手はユミなのに」

頭に血が上っているのか、谷口さんが肩を打って左手を押さえていることに女性は気づいていないようだった。気づかないまま、先ほど手から落ちた吸い殻入れを拾う。

「もしかして、タバコもユミに隠れて吸ってたの？　あの子、タバコの煙はダメなのに。ねえ？　教えてよ。どうしてあんた、あの子と付き合ったりなんてしたのよ！」

涙声になりながら、手に持っている吸い殻入れを腕ごと振り上げる。それが振り下ろされる瞬間、考えるよりも先に私の体は前に出ていた。

「やめてください!!」

自分がこんなにも大きな声を出せたことに驚く一方で、谷口さんと錯乱している女性もこちらを見て目を丸めていた。

「三枝さん……？」

私は二人に近寄って、彼女の手から携帯型の吸い殻入れを奪い取った。それから先ほど谷口さんがされていたことを急に思い出して、名前も知らない女性の頰に平手打ちを返した。上から見下ろされて、睨まれても、怯んだりはしなかった。

「誰よあなた……もしかして、恭介の……」

「いい加減にしてください！　あなたには、谷口さんが傷ついているのがわからないんですか……!?」

「なによ、それ……こっちの事情も知らないあんたなんかに何がわかるのよ」

「事情なんて何も知らなくても、谷口さんがいい人だっていうのはわかります！　あなたの想像が、100パーセント間違っていることも！」

怒鳴り返したあと、思い出したようにタバコの残り香が鼻をついて、風邪で弱っていた私の喉を刺激した。思わずうずくまって強くせき込むと、谷口さんが肩に手を置いて背中をさすってくれた。

「ご、ごめんなさい……」

「三枝さん、もしかして熱ある……？　体、すごく熱いんだけど」

「そんなこと、ないです。平気です」

「無理してることくらいわかるから。声だってかすれてるの気づいてないだろ」

指摘されて、優しくされただけで、思い出したように体の芯から震えが襲ってきた。

谷口さんが気づかなきゃ、自分が風邪を引いていたことなんて忘れていられたのに。

「なんなの……？　なんなのよ、あんたたち。やっぱり、あんた……」

「……なあ茉莉、いい加減にしてくれよ」

普段温厚な谷口さんからは想像もできないほど低く冷めた声に身震いする。こんな人でも怒るんだって思ったけど、当たり前だ。人間なんだから。

だけど感情任せに行動する彼女とは違って、大きくため息を吐くと自分の中で怒りを完結させたのかいつもの調子へと戻った。

「三枝さんはバイトの後輩だよ。それ以上でもそれ以下でもないし、今日だってアルバイト中に体調が悪そうだったから、家まで送ってくことにしただけだ」

咄嗟の嘘だったけど、彼女は信じてくれたのか口をつぐんだまま反論はしてこなかった。私は谷口さんに体を支えられる。

「ほら、送るから早く助手席乗って」

「だ、大丈夫です。一人で帰れますから……」

これ以上迷惑をかけないように、ふらつきながらも距離を取ろうとした。だけど体が全然言うことを聞いてくれなくて。そればかりか、唐突に視界がかすんだかと思えば、次の瞬間には空が地上になった。

「三枝さん!?」

頭上から声が響いて、地面に倒れたんだということがわかった。体は熱くて、地面はひんやりとしていて、だけど私を抱き起そうとする谷口さんの体は温かかった。

自分らしくないことをしていたのは、たぶんわかってた。いつもの私なら、きっと二人が揉めていても、対岸の火事を見守るようにじっと様子をうかがっているだけだっただろうから。

だけどそんな自分を曲げてまで動き出してしまったのは、きっと谷口さんのことが好きになってきているからで。私には関係がないことだとわかっていたけど、それでもなんとか力になりたくて。

結局何もできずに意識を失った私は、次に起きたときには見知らぬ部屋のベッドの上で横になっていた。緩慢な動作で起き上がると、おでこの上に載っていたまだ冷たさが持続しているタオルが滑り落ちた。

やけに頭が痛くて、未だぼんやりとしたままの視界で辺りを見回すと、カーテンの向こうのベランダに人影が見えた。何一つ確証なんてなかったけど、予感めいたものを感じていた私は、何もためらうことなくそのカーテンを引いた。

そこにはやっぱり、谷口さんがいた。スマホを触っていたけど、すぐに私に気づいて部屋の中に戻ってきてくれた。

「身体、大丈夫？」

「まだ寒気が……」

「それじゃあ寝てないとダメじゃないか」

肩に手を置かれて回れ右をさせられた私は、ベランダまで頑張って谷口さんを捜しに来たというのに、ベッドに戻ることを強制されてまた横になった。

「……なんで私、谷口さんの部屋にいるんですか？」

「本当は救急車を呼ぼうと思ったんだけど、熱に浮かされながら三枝さんがそれだけはやめてくださいって止めてきたから。三枝さんの家も知らないし、仕方なく俺の家に」

倒れた後の記憶が曖昧だけど、どうやらあれから数分は意識を繋いでいたらしい。

もしも救急車で運ばれたら家族に迷惑がかかるから、なんとしてでも止めたんだろう。

もしくは病院へ行くほどの容体じゃないと自分で判断したのか。

「ご迷惑おかけしてすみません……」

「それはもういいんだけど。どうしてあの時、ファミレスまで来てたの？　バイトの日じゃなかったのに」

正直に言って、バカだと思われないだろうか。不安になりながらも、今日無理を押してファミレスへ行った理由を話した。

「谷口さんに、合否の結果を伝えたくて……」

「合否？」

予想していた答えと違っていたのか、案の定間の抜けたような声で聞き返してくる。

恥ずかしくなって、なるべく表情が見えないように布団の端を鼻のあたりまで持ち上げた。

「あぁ、そっか。俺たち、連絡先交換してないもんな。でも、別に明日とかでよかったのに」

「谷口さんには、すぐに言いたかったから……」

なぜか、勝手に涙があふれてきそうになって。こらえるように、小さく洟をすすった。

「それで、合格、してました」

「そっか、おめでとう。四月からは、行きたかった大学に行けるんだね」

「はい……」

「なんだか、嬉しくなさそうだね」

「実感、まだ湧いてこなくて……本当に、この大学でよかったのかなって……」

困ったように笑うと、谷口さんは私の頭の上に優しく手のひらを置いて、前髪をすくように撫でてくれた。

「そういうのはさ、入学してからだんだんと湧いてくるものなんだよ。きっとそこに行けば、三枝さんの良いところに気づいて友達になってくれる人がたくさんいるだろうし、やりたいことも見つかるだろうからさ。大学に入るために努力した過程だって、いつか君の人生の糧になるよ」

「ですかね……」

谷口さんが進みたい道を見つけられたように、私も自分の将来を自分で決めることができるんだろうか。まだ高校生の私には、そんな先の未来のことなんて何一つ想像もできなかった。

それから風邪薬とぬるま湯を持ってきてくれたから飲んでいると、机の上に置いてあった谷口さんのスマホが振動していた。

スマホを手に取って画面を確認した谷口さんは、気の重そうな様子が珍しく表情に出ていた。

「茉莉からだ。さっきの女の子」

「出てもいいですよ」

内容を聞かれないように一旦部屋を出るか迷ったのか、谷口さんはベランダと私を交互に見て、結局風邪を引いた後輩の体調を案じて、そばにいたまま電話に出てくれた。

「もしもし、俺だけど。ああ、うん。さっきはごめん。それでさ、本当にあの子は関係ないから。うん、ちゃんと家まで送り届けた……。また今度、埋め合わせするよ。ユミのところにも、行かなきゃいけないって思ってる。あの子は本当に関係ない、ただのバイトの後輩だから」

関係ない。その言葉が谷口さんの口から出るたびに、酷く勝手な疎外感を覚えた。実際、私は二人の件に関して何も知らないし、ユミと呼ばれている女性のことも知らない。だからきっと、疎外感を覚えているのは身勝手な嫉妬からくるもので。今までまともに恋をしてきたことがなかったから、もやもやと揺れる想いをどのように扱えばいいのかがわからなかった。

電話が終わると、谷口さんは大きなため息を吐いた。

「あの、大丈夫ですか……？」

「ああ、いや、ごめんな。関係ないことに巻き込んじゃって」

どうすれば、関係があることになるんだろう。私にも関係があることで、谷口さんが悩みを打ち明けてくれれば、一人で抱え込まずに一緒に悩むことだってできるのに。

「とりあえず、明日のバイトは休みだな」

「明日は、谷口さんのバイトの時間までには帰ります」

「俺も明日は休むよ。乾さんもいるし、余裕あるから」

それからキッチンへ行ったかと思えば、わかめの入ったカップスープを持ってきてくれた。

「ずっと目開けてないで、病人はあったかいスープでも飲んで、さっさと寝ような」

「……茉莉さんっていう人とは、以前までは仲が良かったんですか？」

「別に、ずっと一緒にいるからもう仲がいいとか悪いとか、そういうのじゃないかな。それと、さっきご飯炊いたけどスープと一緒に食べる？」

「さっきの電話、やっぱりまだ怒ってましたか？」

「普通だったかな。ご飯も食べるなら茶碗と箸も持ってくるけど」

「でもやっぱり私、勘違いさせちゃいましたよね」

「勘違いはしてたけど、実際のところ俺たちそんな関係じゃないから。たぶん、俺の説明の仕方が悪かったんだよ。また今度、誤解は解いとくからさ。そんなことより、早く飲まないとスープ冷めるぞ」

「私も茉莉さんにちゃんとお話しさせてください。谷口さんも悪気があるわけじゃないって」

「だから君はただのバイトの後輩で、俺たちのこととは何も関係ないだろ？」

「それじゃあ、どうしたら関係があることにしてくれるんですか！」

たぶん私は、理不尽に声を荒らげていた。どうしようもないほど、聞き分けのない子供で。きっと、面倒くさい女の子だった。

そんな自己評価を裏付けるように、谷口さんは困ったような表情をしていた。

「だって、仕方がないじゃないですか……恋人が亡くなって、そんな簡単に切り替えられるわけないですよ……私、先輩の気持ちが痛いほどわかるから……だって私も、子供のころにお父さんを――」

私が、私のことを話す前に、体が温かいものに包まれた。それが谷口さんが背中に回してきた腕だと気付くには、少しだけ時間がかかった。

「……え？」

「……ごめん、三枝さん。俺も余裕がなくなってた。辛(つら)いこと思い出させて、悪かった」

どうしていきなり私のことを抱きしめてきたのか。その理由に遅れて気づいたのは、ていた。

頬を伝って水滴がぽとりと落ちたから。自分でも気づかないうちに、私は勝手に泣い
谷口さんは私から離れると、指先でこぼれた涙を拭いてくれた。

「三枝さんのことを信用してないとか、遠ざけてるとかじゃないんだ。ただこっちの事情に巻き込みたくなかっただけで。これは俺だけの問題だから。本当に、君は悪くないんだ」

「……それじゃあ、どうして一度だけ私にユミさんとのことを話してくれたんですか？」

私が指摘をすると、谷口さんはしばらくの間黙り込んでしまった。だけど観念したように長い息を吐くと、ようやく本音を口にしてくれた。

「……誰でもいいから、誰かに話を聞いてほしかったのかもしれない」

「だから、全く関係のない私に話してくれたんですか？」

「ごめんな」

「……だったら私、関係ないことないですよね。先輩の隠してること、知っちゃったし」

「だとしても、風邪を引いてる女の子に話せるような内容じゃないんだ」

「それならちゃんと寝て風邪治しますから。その後なら話してくれますよね？」

「三枝さんって、結構お人好しなんだね」

「違います。私、全然いい子じゃないです。学校でもいつも一人だし、友達だって作れないし……」

「それって、関係ある？」

冗談交じりの笑みに、顔が熱くなった。今だけは、この火照りは風邪のせいであってほしかった。赤くなっていたら、恥ずかしいから。

「俺のこと、ちゃんと話すけどさ。一つだけ約束してほしいことがあるんだけど、いい？」

「なんですか？」

「三枝さんの抱えてる事情も、その時になったら話してほしい。俺も君のことを知っちゃったから、隠し事はなしにしたいんだ」

「……わかりました」

「それじゃあ、早くご飯食べて寝ないとな」

「はい」

まだスープもご飯も冷めずに温かいままでいてくれた。朝からほとんど何も口にしていなかったから、頂いたものは瞬く間に胃の中へとおさまっていった。それからすぐにまた布団に横になった。

「そういえば、谷口さんが使う布団はあるんですか？」

「ああ、うん……何度からちに泊まりに来てた奴がいるから、一つだけ予備があって」

　たぶんそれはユミさんが使ってたものだという予想は出来たけど、あらためて話題に出すのは無粋なことだとわかっていたから知らないふりをした。

　私が目を閉じたのを見届けると部屋の明かりを消してくれて、多分シャワーを浴びに部屋を出て行った。戻ってくるのを待って、もう少しだけ話をしたいという気持ちはあったけど、お母さんに風邪を引いて先輩の家に泊まることになったと一方的にメールを送って、眠気がやってくるのを待った。

3月9日

　頑張って行きたくもない高校に三年間通ってきたのに、最後を締めくくる卒業式に参加できないなんて、私は本当についていないなと思う。そうは言いつつも、本当は卒業式なんて憂鬱（ゆううつ）以外の何物でもなかったし、できることなら休みたいとさえ思っていた。だから卒業式に行かないのは私の望んでいたことではあったけど、先輩の家で目を覚ましてから時計を見て、すでに卒業式が始まっている時間だとわかると、それはそれで若干の後悔を覚えたから我ながら愚かなものだ。

体の熱は引いていて、頭の重さも抜けている。頑張ればきっと卒業証書を貰いに行くことぐらいはできるだろうけど、積年の優柔不断さが私の体を先輩の家から離してくれなかった。本当に、矛盾ばかりの生き物だと思う。

「おはよう」

寝ぼけ眼のまま声のしたほうを見ると、そこには朝ご飯を用意してくれていた谷口さんの姿があって。やっぱり卒業式に参加しなくてよかったなって、私はまた相反する思いを抱いた。

「なんか元気なさそうだね。やっぱりまだつらい？」

そういえば、谷口さんには一度も卒業式のことは話してなかった。

「実は今日、卒業式で……」

「え⁉　そうだったの⁉」

出会った時から今までで、一番驚いた表情だった。

そして、多分今頃は一組の生徒が卒業証書を貰っているところなんだろう。

「別に落ち込んでないですよ。卒業式なんて、行きたくないくらいに思ってましたし。高校生活にも何の思い入れもないですから」

でも、最後の一週間だけは、高校生活の中で一番充実していた時間だった。それは、ファミレスで谷口さんに出会ったからで。高校自体には思い入れなんてないけど、早く放課後が来てほしいってポジティブな気持ちでいられたのは、やっぱり谷口さんがいてくれたからだった。

そんな谷口さんは「ちょっと待ってて」と言い残すと、布団の上に私を置いたまま部屋を出て行ってしまった。着替えたかったけど、着替えなんて用意してないからぼーっと座っていると、しばらくしてから一枚の紙を持って戻ってきた。

そして、そのまま私の目の前に座ったかと思えば、持ってきた紙に書いた言葉を丁寧に読み上げてくれた。

「卒業証書、授与。三枝美憧。あなたは高校三年間を、めげずに頑張り続けました。新たな夢に向かい、歩みだすことをここに証します」

おめでとう、三枝さん。

そんな祝福の言葉と共に、私は先輩から即席で作った卒業証書を手渡された。こんなところで卒業式のまねごとをするなんて、想像すらしていなくて。しばらく呆気に取られてしまって、マーカーで書かれた『卒業証書』の文字をあらためて見た途端、ダムが決壊したように涙がこぼれてきて、大事な卒業証書を少しだけ濡らしてしまった。

「ごめ、ごめんなさい……！　せっかく、私のために作ってくれたのにっ」

「気にしないで。こんなのでよかったら、また作ってあげるよ」

でも、この卒業証書は世界にたった一枚しかないから。

ふと私は、中学の卒業式で泣いていたクラスメイトのことを思い出した。あの時の私は、冷めた目で彼女たちのことを見ていた。だって、会おうと思えばいつだってこれまで通り会いにいけるんだから。勉強する場所が変わるだけで、何が変わるんだろうって、思った。

みんなが新しいピカピカのスマホを持ち寄ってアドレスを交換しているのを横目に見ながら、私は誰よりも先に校舎を後にした。家に帰って、どこまでも冷めて斜に構えていた自分が嫌になって、ベッドの上で一人で泣いていたのを思い出した。

今なら、あの人たちの気持ちが少しだけわかるような気がした。

「……どうして、あと二年早く生まれなかったんだろう」

不意に言葉が漏れて、もし谷口さんと同級生だったらって考えたけど、きっとそれはそれで私は名前しか知らないあの人に嫉妬(しっと)してたんだと思う。

散々泣いて落ち着きを取り戻すまで、谷口さんは背中をさすりながら私が話し始めるのをただ黙って待ってくれていた。家庭の事情を話すのは、初めてのことだったから。私は言葉を選ぶように、ぽつぽつと話を始めた。

「小学生の頃に、お父さんが病気で亡くなったんです」

「病気？」

「はい。もともと、心臓がよくなかったみたいで」

「そうだったんだ……」

「でも子供だった私は、お父さんが病気持ちだったことを知らなかったんです。お母さんから何も聞かされなかったことにも腹が立って……些細(ささい)なことで喧嘩(けんか)もしちゃって」

「たぶん、気を遣って何も言わなかったんだろうね」

「……はい。でも、私がそれをわかり始めたのは中学を卒業した頃で、その時にはもうお母さんは再婚してたから、溝がずっとできたままになってしまったんです」

新しい家族になじめなかった私は、高校に入学してからはほとんど一人でご飯を食べていた。最初こそお母さんの作ってくれた手料理を自分の部屋で食べていたけど、だんだんと貰ったお小遣いで自分でご飯を買うようになって。新しいお父さんも、優しい人だってわかっていたけど、割り切ることができなくて。

「バカみたいですよね。勝手に一人で壁を作って、私は一人だって思い込んでたんですから。ほんとに、笑っちゃいますよね」

「笑えないよ」

私が無理して笑っているのを察してくれたのか、谷口さんは余計につらそうな表情をしていた。だから、それ以上取り繕うこともできなくて、ただ自然体でいられた。

「……谷口さんの彼女さんも、亡くなったんですよね？」

「ああ。去年の夏に。でもその頃には、俺たちはもう恋人なんていう関係性じゃなかった」

「こっぴどく振られたって、前に言ってました」

「春にね。でも、本当はわかってたんだ。嫌いだから別れたわけじゃなかったんだって」

「どういうことですか？」

「きっと、自分は長くないってユミもわかってたんだ。だから余計に悲しませるようなことをしたくなくて、傷付かせないように俺を遠ざけたんだよ。たぶん茉莉が怒ってるのは、いつまでも俺がユミの優しさに気づかないふりをしてユミから逃げ続けてるからなんだ」

「それじゃあ、先輩と私って似た者同士じゃないですか」

私の言葉が予想外だったのか、谷口さんは悲しそうな表情をしていたのに目を丸めて、すぐに口元から笑みがこぼれていた。

「そうだね。俺たちは似た者同士だ」

自分のことをめんどくさい人間だと思っていたけど、似たような悩みを持っている人が身近にもいるのがわかっただけで、心にのしかかっていたものが軽くなったような気がした。

それから、もう体調もだいぶ回復したから、顔を洗って帰る支度を整えていると。

「明日、一緒に散歩でも行かない？」

なんてことを聞いてきたから、どうして散歩なんだろうとは思ったけど「いいですよ」と特に何も考えずに返事をしていた。

家の前に着いてドアを開けようとしたところで、そういえばまともにお母さんに説明をしていなかったことを思い出した。一晩家を空けて、なおかつ卒業式だって欠席したんだから、ちゃんと口頭で説明しておかなきゃ心配するかもしれない。

だから緊張をほぐすために深呼吸をしてから家の中へ入ると、すぐに居間からお母さんがやってきた。

「あ、ただいま……」

「もう風邪は大丈夫なの？」

いつもよりも、切迫した声だった。

「……先輩に介抱してもらったから、だいぶ楽になった、かな」

本当のことを言うと、今まで心が張り詰めていたのか大きく安堵の息を吐いた。

「それじゃあ、その人に電話して。お礼言わなきゃ」

「……もうバイト行ったから、今かけるの申し訳ないよ」

「そうなんだ……でも、今度ちゃんとお礼言わせてね？」

「うん……」

「それで、受験の結果はどうだったの？」

「……合格してた」

「そっか……」

数か月前に、三者面談で志望校の話はお母さんに伝わっていた。この前もその話をしたし、結果が出たのが第一志望だってこともわかっているはずなのに、開口一番の言葉が「おめでとう」じゃなかったことが、なぜだか寂しく思った。

「……大学、やっぱり第一志望のほうに行くの？」

「当たり前だよ。第一志望なんだから」

そのために、必死こいて勉強してきたんだから。今更違う大学に行きたいなんて、言えるわけない。

「……なんで今更、そんなこと聞くの？」

「……寂しくなるなって、思って」

「……え？」

「だって美憧が行きたいって言った大学、電車で行かなきゃいけないから。アルバイ

理しっかりするのよ？」

「うん……」

「アルバイト先の先輩には、今度あらためてお礼を言いに行かせてね」

「わかった……」

「それじゃあ早く部屋に入りなさい。今夜も冷え込むから。ちゃんと布団かぶって、暖かくして寝るのよ？」

「……わかってるよ」

玄関で靴を脱いで下駄(げた)箱に片付けていると、「美憧」とお母さんに名前を呼ばれた。先に居間に向かっていたお母さんがこちらを振り返っていて「なに？」と首をかしげると「卒業おめでとう」と笑顔を向けられた。

それからすぐに、扉の向こうに行ってしまったから、きっと私が泣いてしまったのは気づかれなかっただろう。

3月10日

昨日の帰り際に谷口さんに住所を教えたから家の前で待っていると、谷口さんは徒歩ではなく車で家にやってきた。散歩という単語で聞いていたから、助手席に乗り込んで開口一番に「散歩じゃなくて、ドライブですか?」と訊ねた。

「ちょっと車で走ってから散歩」

そんなよくわからないことを話す谷口さん。だけど思い直したように、ちゃんとその理由を教えてくれた。

「お墓参りに行きたくて」

車に乗り込んで、最初はユミさんのお墓参りに行くだけだと思っていたけど、「三枝さんのお父さんのところにも行こうか」と言ってくれた。ここ数年、一人でお墓参りへ行く元気がなかったから行けていなかったけど、二人なら大丈夫だと思って霊園の場所を教えた。

久しぶりにお父さんの眠っている場所へ行ってみると、最近誰かが掃除をしに来たのか墓石はピカピカだった。いきなりのことだったから線香くらいしか用意ができなくて、おまけにマッチを買い忘れたことに気づいた。

「すみません谷口さん、ライター貸してください」

「昨日、全部捨てたよ」

そう言うと、ポケットの中から取り出したのはまだ封を切ってないマッチの箱だった。

「三枝さん買い忘れてたから、さっきコンビニ寄ったときに買っといた」

「うわ、はずかしい。気づいてたなら言ってくださいよ」

「ごめんごめん」

「ていうか、タバコもやめたんですね」

「逃げてただけだったから。もう俺には必要ないと思って」

谷口さんが付けてくれたマッチの火に線香の先を近づけると、炎が当たったところが赤くなってゆらゆらと煙が立ち込めた。

線香を立ててから私が手を合わせると谷口さんも隣で手を合わせてくれた。

私はお父さんに大学に合格したこと、どちらの大学へ進むのか決めたこと、そしてある人のことを好きになったことを伝えた。そうしてきっとまた忙しくなるから、今度来るのはお盆のときで、その時はお母さんと一緒に来ることを約束した。

今度はユミさんが眠っている霊園へ向かった。お墓の場所は聞いていたのか、谷口さんはスマホと睨めっこをしながら彼女の場所を探していた。そうして芹澤家之墓と書かれたお墓の前で立ち止まったのを見届けて「さすがにお邪魔なので、向こうで待ってますね」と言い残し、そそくさと歩いてきた道を戻った。

しばらく入り口付近で待っていると、来た時よりも清々しい表情で谷口さんは戻ってきた。

「おかえりなさい」

「ただいま」

「気持ちは晴れましたか？」

「おかげさまで」

「それじゃあ、今度は茉莉さんと仲直りしなきゃですね。応援してます」

「その時は三枝さんも一緒に来る？」

「やめときます。また勘違いされて、谷口さんが叩かれるかもしれないので。それに、お二人は本当は仲が良さそうですから。きっとお邪魔です」

そう言うと、谷口さんは一瞬首をかしげて。すぐに自分と私の見解に相違があったことに気づいたのか、申し訳なさそうに苦笑した。

「ごめん、茉莉とはマジでそういう関係じゃないよ」

「そうなんですか？」

「うん。だってあいつ、妹だから」

「え」

谷口さんを見上げると、おかしそうにくつくつと笑っていた。私は顔が熱くなって、それと同時にあの人が妹なら、もしかすると私にもいつかチャンスがあるかも、なんてことを考えてしまったのが余計に恥ずかしかった。

「またいつか、ちゃんと三枝さんのことを茉莉に紹介させてよ」

「……はい」


次に茉莉さんと再会したのは、大学の入学式でのことだった。お互いに新品のスーツに身を包み、最初に気づいたときは気まずくてお互いに目をそらしたけど、私から彼女のほうへと歩み寄っていった。

先にこんにちはと挨拶を交わそうとしたけど、言葉をかぶせるようにして茉莉さんが「……風邪、大丈夫だった？」と以前の出来事を案じてくれた。

「あ、えっと。大丈夫です……」

「そっか」

それからあらためて「あの時は、ごめんね」と、謝罪してくれた。

「こちらこそ、生意気なこと言って……」

「別に、私も頭に血が上ってたから」

どちらかが悪いことにはしたくなかったから、お互い様だと言うように私は微笑んだ。

「とりあえずさ、茶でも行かない？」

そのようにして、私の大学生活は始まったのだった。

傘の下のひとりぶんの特等席

櫻いいよ

櫻 いいよ（さくら・いいよ）

大阪府在住。二〇一二年に『君が落とした青空』でデビュー。著書に『そういふものにわたしはなりたい』『交換ウソ日記』『世界は「」で満ちている』『わたしは告白ができない。』『あの日、少年少女は世界を、』『アオハルの空と、ひとりぼっちの私たち』などがある。

窓の外は、まだ昼過ぎだというのに薄暗かった。視線を空から地面に移動させると、コンクリートにぽつぽつと黒いシミが落ちているのに気づく。どうやら雨が降りはじめたようだ。そのせいなのか、三月の中旬にもかかわらず、今日はやけに寒い。そろそろ咲こうと考えていた桜も、つぼみをかたくしているだろう。

校舎二階の教室の窓際に座ってその景色を眺めていると、気分がどんどん沈んでくる。ただでさえここ一週間ほど気分が優れないというのに。特に今日は最悪だというのに。空気読めよ天気。

心の中で悪態を吐いていると、

「羽那（はな）、話聞いてる？」

と、そばにいた伊緒里（いおり）がむうっとした顔でわたしを見ていた。

「聞いてる聞いてる。で、なんだっけ？」

「もう！　羽那はすぐぼーっとするんだから！」

「あはは、ごめん。雨降ってきたなあって思って」

笑って謝ると「あ、ほんとだ」と伊緒里も窓の外を見る。

「今朝の天気予報で午後から雨って言ってたから傘持ってきてよかったあ。羽那は傘持ってる？」

「持ってない。いつも置き傘あったから天気気にしてなかった」

「仕方ないから帰りはあたしの傘に入れてあげるよ」

ふふんと伊緒里が胸を張った。伊緒里らしい自慢げな顔に、「さすが伊緒里。素敵。やさしい。できる女」と褒め称えると、「言いすぎると嘘っぽい！」と文句を言われてしまった。

わたしたち以外誰もいない教室に、笑い声がさびしく響き渡る。

先週、わたしたちは高校を卒業した。にもかかわらず制服に身を包んで学校にやってきたのは、大学の合否結果を学校に報告するためだ。伊緒里はすでに私立大学に入学が決まっているのだけれど、わたしが行くなら、と一緒に付いてきた。ついでにこうして人気のない教室でだらだらと過ごしている。目的もなく、と言いたいところだが、ひとを待っているだけだ。

一年と二年もちょうどテスト休みに入っているため、校内はシンと静まりかえっている。わたしたちの他にも合否の報告にくる生徒はいるはずなのだけれど。

「制服も学校も、今日で本当に最後なんだねえ」

伊緒里もわたしと同じようなことを感じたのか、しみじみと呟く。

「卒業式も終わったのに、今も制服着て学校にきてるのも変な感じだけどね」

「なんでそう羽那は落ち着いてんの。卒業式でも泣かなかったし、来週には引っ越すってのにちっともさびしそうにしてないしさー。薄情すぎると思う！」

伊緒里がぶうぶうと文句を言う。卒業式当日も、号泣する伊緒里と対照的にわたしは一滴の涙もこぼさなかった。とはいえ、もちろんさびしくないわけではなかったのだけれど。そばで永遠の別れかのように伊緒里がわんわんと泣いているから、涙が引っ込んだようにも思う。

背が高く細身の伊緒里は、落ち着いた雰囲気がある。やや吊り上がった目元や艶のある黒髪ですっきりとしたショートボブなのも、その印象をより強くしていて、黙って立っていれば伊緒里はどこかの女優かモデルのようにしか見えない。けれど、それは見た目だけだ。漫才師のように早口でよく喋るし、落ち着きがなくてなにもないところでつまずいたり、不思議なほどいろんなものにぶつかったりする。くしゃみは豪快だしあくびはいつも大っぴらだ。豪快で大雑把、そしてとてもさびしがり屋の甘えん坊な性格——、と見た目とのギャップがでかすぎる。

反対にわたしは平均的な身長に体型で、ほんのりとクセのある髪の毛はサイドにひとつにまとめていて、初対面のひとには話しやすく感じさせるらしい、が、自分でも感じるほどかなりドライな性格をしている。それなりに感動したり感激したり悲しんだりしているつもりだが、態度や表情にあまりでないのだ。それがどうやら他人を不快にさせることがあるらしく、何度か女子に嫌われたこともある。まあ、どうでもいいけれども。文句を言われてもどうしようもないので。

見た目も性格も真逆——それもまわりの想像とちがう意味で——のわたしたちは、意外にも気が合って、一年で同じクラスになってから三年間、ほとんどの時間を一緒に過ごした。クラス替えがなかったことも、理由のひとつだろう。高校で出会った友人だとは思えないほど、濃密な関係だった、と思う。

「これからは、もうこんなふうに伊緒里と過ごせないんだなって考えると、さすがにわたしもいろいろ考えるよ」

同じ制服に身を包んで、廊下を歩いたりお弁当を食べたり。そんな日々はもう、わたしたちには二度と訪れない。

しんみりとした口調でそう言うと、伊緒里が目を潤ませた。

「もーやだ！　羽那がそんなこと言うなんて泣いちゃう！」

「ちょ、もう！　すぐ抱きつくのやめてってば！」

感激して抱きついてきた伊緒里の顔をぐいぐいと押しやる。すぐにひとに抱きつくのはどうかと思う。歩いているときも腕を組んできたり手をつないできたりする。さすがに男子にはしないし、相手が女子だからといって誰彼構わず同じように接するわけではないが、基本的に伊緒里はひととの距離が近い。

わたしは伊緒里のそういうところが苦手だ。

伊緒里のことは好きだし、伊緒里もわたしを好きでいてくれているのがわかってうれしい。けれど、どうしても慣れない。素直に受け取ることができない。

あ、となにかに気づいてわたしから離れた伊緒里は、スマホを取り出し首を捻（ひね）る。

「裕貴（ゆうき）くんだ」

その瞬間、びくりと体が震えた。幸いにもスマホを見ていた伊緒里には気づかれていない。

「なんか、図書室にきてくれって。どうしたんだろ。ここにくればいいのに」

「へえ。なんだろね。寒いしわたしはここで待っとくよ」

普段なら「一緒に行こうよー」と言うはずの伊緒里は、少しだけ考えて「わかった」と頷（うなず）いた。彼女の表情にはうっすらと期待が浮かんでいる。三年間、いつも伊緒里のそばにいたわたしなので、そのくらいはすぐに気づく。

「もう行くの？」

「今学校に着いたところみたいで、三十分後だって。っていうかくるの遅くない？一緒に帰ろうって話してたから待ってたのに今って。寝坊しすぎじゃん」

もともと今日は裕貴も合否の報告をするために一緒に学校にくる予定だった。それが裕貴の寝坊により、わたしたちは先に学校にきて裕貴がやってくるのを待つことになった。まあ、裕貴が寝坊したのは昨晩緊張のあまり眠れなかったからだろう。もしくは、気まずいから時間を避けようとしたか。

なんだろう、とそわそわしている伊緒里から目を逸らすと、今度はわたしのスマホにメッセージが届いた。

『あー、めっちゃ緊張する！』

伊緒里を呼び出した本人は、伊緒里以上に落ち着かないらしい。

ふ、と片頬を引き上げて笑うと、伊緒里に「どうしたの？　ご機嫌じゃん」と言われた。

ご機嫌どころか、最悪の気分だ。

「おれ、伊緒里に告白しようと思う」

裕貴から決意表明を受けたのは、ちょうど一週間前だった。突然家の近くのコンビニに呼び出され、寒い中歩いてきたわたしを見るやいなや、裕貴はそう言ったのだ。

裕貴の格好は、上下スウェットにコートを羽織っただけだった。

「なに急に。っていうか伊緒里のこと好きだったの？」

「昨日、卒業式から帰ってきて、ああもうこの先会えないかもしれない、って思ったらなんかかっこつけるのダサいよなって思いだして、そんで、とりあえず、羽那に伝えようって」

裕貴の顔が赤いのは、寒さのせいだけではないだろう。裕貴にこんなかわいらしい一面があることに、小学校からのつき合いで今はじめて知った。

お互いの家が徒歩十分の距離にあるため親同士もつき合いがあり、幼馴染と呼べる関係だと思う。なんで仲良くなったのかははっきり覚えていない。なんとなくあるいちばん古い記憶は、虫をさわれないと半泣きになっていたヘタレの裕貴が男子に揶揄われていたときに「男子でも虫にさわれないひとくらいいるでしょ」とあいだに入ったことだ。そしてかわりにわたしが虫を摑んで男子に投げつけた。女子のくせにと言われたので「わたしは〝女子〟じゃなくて〝わたし〟だから」と言った、ような気がする。それからやけに裕貴に懐かれて、よく一緒に遊んだ。気がつけば家族のような関係になっていた。

同じ高校に進学したのも、「羽那は高校どこ受けんの？　一緒の学校行こうぜ」「まあ別にいいけど」という感じで決めたくらいには仲がいい。

裕貴のことなら、なんでも知っているし、わかると思っていた。初恋の相手も、はじめて告白されたのがいつなのかも、わたしは知っていた。もともと顔に出やすい性格ではあるけれど、些細な変化で彼がうれしいのか悲しいのかはすぐに気づくことができた。

だから、裕貴がわたしの友人である伊緒里に接する態度から、「もしかして伊緒里が好きなのか」と訊いたこともある。そのとき裕貴は「なにいってんの」とばかにするように笑って否定した。

これまで、裕貴はわたしに嘘をついたり隠し事をすることがなかった。だから、わたしはそれを信じた。いや実際には、そんなこと言って本当は好きなんじゃないの、と疑ってはいたけれど。なんせ裕貴は嘘をつくのが下手くそだから。

ただ、わたしは裕貴のその言葉を、信じたかったのだ。

裕貴が伊緒里を好き。

彼の気持ちをわかりやすい文章にして脳内で復唱する。

その瞬間、胸の中に黒い感情が渦巻いたのがわかった。これまで何度も感じていたそれが、はっきりと、わたしの感情を染めていく感覚に襲われる。

——なんで、今、それをわたしに言うんだ。

裕貴とちがってわたしは、裕貴に本当のことは話さない。好きなひとがいるのかと訊かれれば、いないと答えた。どういう男がタイプなのかと訊かれれば、寡黙な男、と適当なことを言った。高校卒業前にやり残したことはないのかと訊かれたときは、ない、と即答した。

　本当は好きなひとがいる。本当は明るいひとが好きだ。本当は、ひとつだけ高校卒業前にやりたいことが――好きなひとに告白したいと、思っていた。そうしようと、ちょうどわたしも昨日の卒業式で決心したところだった。

「羽那？」

　黙りこくっているわたしにやっと気づいたらしい裕貴が、不思議そうな顔を向ける。

「……告白でもなんでも、好きにすれば？」

「なんでそんな冷たいこと言うんだよー」

「わたしはなんで裕貴がわたしに報告するのかがわかんないんだけど」

　はあっとため息を吐くと、息が白く濁った。三月の夜はまだ冷える。はやく家に帰りたい。部屋に籠って、裕貴のことも伊緒里のことも忘れて眠りたい。

「でも羽那はおれの幼馴染だし、羽那のおかげでおれは伊緒里と出会えたし、なにより、伊緒里は羽那の親友だし――」

「親友じゃない」

　思わず食い気味に否定してしまった。

　へ、と裕貴の間抜けな声が聞こえてきてはっとし、慌てて「親友だからとか関係ないじゃない」と言葉を付け足す。強引ではあるけれど、単純な裕貴はそこになんの疑問も抱かず「関係なくないだろー」と拗ねたように言った。

裕貴の言うように、裕貴と伊緒里が仲良くなったのは、わたしという存在がいたからだ。

高校に入学して、裕貴と別のクラスになったわたしが最初に言葉を交わしたのは、伊緒里だった。教室に入ろうとしたとき、そばにいたのが伊緒里で、あなたもこのクラス？　と話しかけたのがきっかけだ。

それからわたしは伊緒里と親しくなり、そうなると当然、よく一緒に登下校をしていた幼馴染の裕貴も伊緒里と顔を合わすことが増えてふたりは親しくなった。三人とも帰宅部だったので時間が合えばよく帰宅を共にしたし、三人で寄り道をしたり休日に遊びにいくこともあった。

だから、裕貴が伊緒里に告白することを、わたしに事前に報告しようと思うのは、裕貴の性格からしてもわかる。結果がどうであれ、わたしたち三人の関係どころか、わたしと伊緒里の関係にもなにかしらの影響が出る可能性があるから。

「好きにしなよ」

わかるからといって、すんなり受け入れることができるわけではない。

奥歯をぐっと噛んで、声を絞り出す。

伊緒里と、仲良くなんかならなければよかった――と思うのは、自分勝手だろうか。同じクラスでなければ、伊緒里と仲良くしなければ、こんな気持ちを味わうことはなかった。

「うん、ありがとう羽那」

わたしの〝好きにしなよ〟をどう受け取ったのか、裕貴はふにゃりと笑ってお礼を言った。舌打ちしたいのを我慢して裕貴に背を向けると、冷たい風が目に入って涙が浮かんだ。

ばか。裕貴のばか。振られてしまえ。

心の中で悪態を吐くことくらいは許されるはずだ。

想いを伝えようというわたしの決意を、粉々にされたのだから。


伊緒里が「へぶしっ」とくしゃみをして、意識が引き戻される。

「寒い？　暖房つけようか？」

「いや、大丈夫大丈夫」

教室に設置されているエアコンは使えるはずだ。そう思ったけれど伊緒里は首をふるふると左右に振って「鼻がむずむずしただけ」と笑い、もう一度くしゃみをする。そして次に、大きく口開けてあくびをした。忙しない動きに噴き出してしまう。

「黙っていれば伊緒里は美人なのに」

「あ、それどういう意味よー」

子どものように頰を膨らませる伊緒里に「そういうところだよ」と言った。

「大学ではどれだけのひとがその見た目に騙されるんだろうねえ」

「あたしは騙してないもん。むしろあたしが騙されてきたんだから」

まあ、そう言えないこともないか。

これまで伊緒里は見知らぬひとからたくさんの告白をされてきた。主に駅や電車で見かけて一目惚れしました、といったものだ。あとは同じ高校に通う男子生徒。そのうちふたりと交際したのをわたしは知っている。ひとりは大学生で、もうひとりは学校の先輩だった。そのふたりとも、付き合って一ヶ月ほどで「イメージとちがう」と言って伊緒里を振った。初対面で告白してきた大学生はまだしも、同じ学校なら多少伊緒里に見た目と中身のギャップがあることを知っていたはずなのに。おそらく伊緒里の性格が、彼の想像の範疇を超えていたのだろう。

幸い、伊緒里はそれほど相手にのめり込んでいたわけではなかったことから落ち込んではいなかった。かわりにブチギレていた。先輩に振られたあと、あたしはもう誰とも付き合わない！　と声高々に宣言したのを覚えている。実際それから二年以上、伊緒里は誰からの告白も受け入れることはなかった。

「あーあ、羽那が落ちてたら一緒の大学に行けたのに」

がっかりしたかのように伊緒里が呟く。

「ひとの不幸を願わないでくれる？」

「あたしがそばにいるんだから、不幸じゃないでしょ」

なぜそんなに自信満々に言えるのか。なぜわたしが伊緒里のそばにいたら不幸じゃないと思えるのか。

——わたしは、伊緒里と離れるために、遠く離れた場所にある国公立の大学を受験したのに。

もちろん、伊緒里が冗談で言っているのはわかっている。わたしに面と向かって「受験やめなよ」とか「落ちてほしい」とか言うのは、伊緒里なりの応援だ。そこには本音も多少含まれているだろうけれど。

「羽那はずーっとあたしのそばであたしの面倒を見てくれないとさあ」

「わたしをこき使いたいだけじゃん」

「あはは、バレたー？」

えへへへと伊緒里はわたしに笑みを向ける。

伊緒里には本気でわたしをこき使うつもりなんてないだろう。でも、同じ大学だったら間違いなく四六時中一緒に過ごす羽目になるだろうし、バイトだって一緒のところを選びそうだ。誰かを好きになれば絶対協力を頼まれるだろう。彼氏ができれば泊まりのアリバイ作りに協力させられるにちがいない。ケンカしたら長々と愚痴に付き合わされ、仲直りしたら延々と惚気話を聞かされる。

大学に合格してよかったと心底思う。そんな日々耐えられない。高校三年間だけで十分だ。

この三年間、恋人関係での被害はほとんどなかったけれど、宿題のノートを貸したり、テスト前になると毎日のように一緒に勉強したりした。長期休暇になれば最低でも一回はどちらかの家に泊まる計画を立てて、拒否するわたしを無視して強引に決行したこともある。趣味がほとんど真逆なので、映画を観にいけばいつだって伊緒里の観たいものだった。大学の滑り止めだって、本来は伊緒里の本命とちがう大学にする予定だった。けれどあまりにしつこく伊緒里が誘うので、そして伊緒里はわたしが頷くまで決して諦めないのをいやというほど知っていたので、渋々わたしは同じ大学を受験した。おかげで、絶対第一志望の大学に合格するぞと気合が入ったけれども。

いつだって伊緒里はわたしを振り回す。わたしの気持ちなんてお構いなしで。

わたしの高校生活は伊緒里ばかりだった。

――そこに裕貴がたびたびまじったのも、伊緒里のせい。
だって伊緒里は、裕貴が好きだから。

裕貴からはっきりと伊緒里のことが好きだと、告白するつもりだと報告されてから、わたしの気分は最低で最悪だった。合否発表の一週間後には、自分の揺らいだ決意を再び元に戻せるかもしれないとも思っていたけれど、あれから二日、毎日のように裕貴から相談の連絡が入る。

羽那は合否が出たらいつ学校に行く？　そのとき伊緒里も一緒だよな？　それとも別の日に呼び出したほうがいいかな？　でもあからさますぎたら伊緒里は逃げそうじゃないか？

勝手にしやがれ。

ひとの気も知らないで。

わたしが裕貴と同じように合否が出たら告白しようと思っていたことを、その相手が誰であるかを、ぶちまけてやろうかと何度も考えた。が、それをするには迷いが生じてしまっていた。

告白をするべきか、しないべきか。

裕貴は決意を固めたというのに。反比例してわたしの決意はがらがらと音を立てて壊れていくのを感じる。それでも、諦める、という選択肢を選ぶこともできない。そのくらい、一生隠していくべきだと二年以上も秘めていた想いを伝えるという決断を下すのは相当の覚悟が必要だったのだ。

なんにせよ、わたしにはひとりで考える時間が必要だ。でも、もしも告白するのであれば、裕貴が伊緒里に告白する前にしなければいけない。大学の合否が出る前に告白することはないだろう。つまり、わたしが悩める時間は一週間だ。

だというのに。

「ねえねえ、発表ってネットだよね？」

「うん、そう」

お昼過ぎのカフェで、わたしは伊緒里と向かい合っている。

なぜわたしは今日伊緒里と遊ぶ約束を交わしてしまったのか。こんな状況になると知っていたら絶対断っていたのに。

「合格したら、めっちゃ忙しくなるよね？」

「まあね。しばらくバタバタすると思う」

「合格したら離れるうえに大学入学までも羽那に会えなくなるのかあ」

しょぼーんとわかりやすく落ち込む伊緒里に「どうだろうねえ」と曖昧な返事をする。わたしがここで「そんなことないし、大学生になっても休みのたびに会えばいいじゃん」とか「伊緒里が遊びにきたらいいよ」とか言えば、きっと伊緒里は安堵の笑みを見せるだろう。でも、わたしはその言葉を、第一志望を決めてから一度も口にしていない。伊緒里がことあるごとに不安そうに、不満そうにするのは、そのせいもあるはずだ。その反応を見るたびに、苦笑してしまう。

「なんか、羽那はあたしから離れようとしてるみたい」

伊緒里がさびしさを浮かべて言った。

指先が動揺して震える。伊緒里に気づかれないように――彼女がわたしの些細な変化に気づくことはないけれども――目線をさりげなく外に向けた。ぽつぽつと雨が降っている。卒業式は澄み渡る青に包まれていたけれど、あの日以来、ずっと天気がよくない。

「離れたかったら滑り止めだとしても同じ大学を受けるわけないじゃん」

なに言ってんの、と笑ってみせると、伊緒里は安心したのか「だよね」と微笑んだ。

まさか伊緒里に気づかれているとは思わなかった。いや、前にも一度同じようなやり取りをしたことがある。

「たまに不安になっちゃうんだよ。羽那はクールだからさあ」

まるでわたしがなにを考えていたのか透けて見えていたのだろうか、と思うように、以前のことを伊緒里が口にする。

二年になった頃だっただろうか。その頃にはわたしの幼馴染（おさななじみ）である裕貴と伊緒里の関係もかなり親しくなっていた。はじめはわたしを介しての関係だったのに、いつのまにかふたりだけでメッセージのやり取りをしていて、わたしを除（の）け者にして——とまでは言わないが、ふたりだけで下校することもあった。わたしが委員会やなにかしらの事情で帰りが遅くなるときや、体調不良で学校を休んだときだ。それまでの伊緒里なら、わたしが休んでいる日はともかくとして「羽那が終わるまで待ってる」と言っていたのに、裕貴と知り合ってからは「そっかー残念」とあっさりと帰るようになった。

伊緒里にとっての友人はわたしと裕貴しかいない、というわけでは決してない。わたしがいなくとも、伊緒里には仲のいい友人がいる。もちろん、わたしにも。三年間同じクラスでともに帰宅部だったから、学校でも休日でも伊緒里と過ごす時間が長かった、というだけだ。それに加えて、伊緒里が末っ子気質のさびしがりだっただけ。実際伊緒里には年の離れた兄と姉がいる。そして、わたしは小学校中学校時代から、ひとに頼られるタイプだった。

伊緒里と裕貴が親しくなりはじめたその頃、伊緒里に対して、わたしはどう振る舞えばいいのか決めあぐねていた。

いくら仲がいいとはいえ、伊緒里はわたしにべったりだったからだ。まわりにもわたしと伊緒里がニコイチのように扱われるほどで、わたしはそれがなんとなく居心地悪く感じていた。

伊緒里はもともとひととの距離が近いだけ。

腕を組むのも抱きつくのも、わたしだけではない。

でもわたしはその中で特別だった。そう思っていたのは、わたしだけではなかった。

だから、ちょうどいい機会だと、思った。そう自分に言い聞かせて、本当の理由から目を逸らし、伊緒里から距離を取るようにした。他の友だちと帰りに遊ぶ約束をしたり、適当な言い訳をして移動教室には伊緒里と行かないようにしたり。

――そうすれば、伊緒里と裕貴がこれ以上近づくことはないから。

今ならまだ、ふたりのあいだにはわたしという存在が必要不可欠だと気づいていた。

好意はあるだろう。でも、恋にはなっていないはず。わたしがいなくともふたりの関係が深くなるのなら、それはもうどうしようもないことだ。むしろそうなったとき、間近で変化をまざまざと見せつけられるくらいならさっさと離れておきたい。

でも、一週間もしないうちにその目論見は伊緒里にバレた。

「羽那は、あたしをきらいになったわけじゃ、ないよね？」

「なんでそんなこと考えるの」

あの日とまったく同じセリフを、同じような表情で伊緒里が言う。かわってないなと思うと、つい笑ってしまう。そんなわたしに伊緒里は「だってさあ」と不満げに呟(つぶや)いた。

「伊緒里は気にしすぎだって、前も言ったでしょ」

嘘だったけれど。そして今も、伊緒里が正しいのだけれど。わたしはそれを決して口にしない。正直な気持ちを伝えたら、伊緒里は泣くだろうから。泣いてどうするのかはわからない。わたしの気持ちを汲(く)んで、わたしから離れていくだろうか。その可能性のほうが高いだろう。

離れようとしているのに、伊緒里に気づかれると否定して、これまでとかわらない関係を続ける。

本当に離れたいなら、はっきりそう言ったほうがいいのに。

伊緒里だって、わたしのよくわからない行動にやきもきするくらいならそのほうが楽だと思う。でも、あのときにそうしなかったのは……。

「ねえ伊緒里。伊緒里は、裕貴のこと、どう思ってんの？」

「っへ？」

頰杖(ほおづえ)をついて伊緒里に訊(たず)ねる。

「な、なんで急に？」

「裕貴とは大学がちがうじゃん。いいのかなって。まあ今更だけどさ」

「なんなの急に。羽那はそういう話あんまり好きじゃないでしょ」

あからさまに動揺している伊緒里に、会話の流れを無視して「好きなの？」と訊いた。伊緒里の返事もわたしとあまり嚙み合っていないけれど。

わたしの追い打ちをかけるような質問に、伊緒里が視線を揺らす。あっちこっちに移動させてから、おずおずと「どうだろ」と小さな声で言った。どうだろうもクソもない。その反応は明らかに好きってことだろう。前に伊緒里から離れようとして失敗したときもわたしは同じ質問をした。そのときの伊緒里は「まさか」と即答した。

あの頃すでに伊緒里は裕貴に多少惹かれていたはずだ。でも、伊緒里自身はそのことに気づいていなかった。わたしはできればこの先も気づかないようにと祈りながら、その言葉を信じて友人としての関係を再開させた。

伊緒里も過去の自分と今の自分のちがいは、わかっているだろう。

わたしが指摘すればあっさりと受け入れるかもしれない。やっぱりこれが好きってことなのかな、と考えるかもしれない。

これまで告白される側ばかりだった伊緒里は、自分から誰かを好きになったことがない。付き合って好意を抱いたところで相手から振られたことしかないのでなおさら、恋愛を避けている節がある。裕貴のようにゆっくりと関係を育(はぐく)んだことは一度もないのだろう。

「羽那は、今まで誰かを好きになったことってある？」

もじもじとテーブルの上で指先をいじりながら伊緒里が上目遣いでわたしを見た。

「……あるよ」

「え！　そうなの！　誰！　そんな話一度も聞いたことないんだけど！」

「一度も誰にも言ってないもん」

驚愕(きょうがく)のあまり伊緒里が上半身をわたしに近づける。その勢いにテーブルががたりと揺れてグラスに入った水が大きく揺れた。数滴の水がグラスからこぼれる。

「わたしがそういう話をひとにするのもされるのも苦手なの知ってるでしょ。今は例外として」

高校生にもなると、どうしたって異性の話が増える。何組の誰かがかっこいいとか、誰と誰が付き合っているとか、電車でイケメンがいたとか、好みとか推しだとか。

わたしはいつも、その手の話にはまじらなかった。ひとの話を聞くだけで、自分からはなにも発言せず、聞かれたときだけ適当に返していた。誰かの恋愛に協力したこともないし、誰かの彼氏がいる遊びの場にも一度も行ったことはない。もちろん、好きなひとがいることもそれが誰かということも、一切口にしたことがない。物心ついたときから、わたしはそうしている。

「今も、いるの？」

「今はわたしの話じゃなくて、伊緒里の話をしてるから、答えない」

「えー！　ずるい！」

ずるくありません、と首を横に振って、すっかり冷たくなっているカフェラテを一口飲む。わたしが決して口を割らないのがわかったのか、伊緒里は悔しそうに唇を噛んで、

「わかんないんだよね」

と、最初にしたわたしの質問にやっと答えた。

「裕貴くんみたいな、男友だちっていうの？　そういうのはじめてだし」

「クラスの男子とも喋ってたじゃん」

「喋るだけでしょ。それに、男子に限らずだけどさ、やっぱりひとって見た目から入るじゃん。男子はもちろんだけど女子もあたしのこと美人だからって理由で親しくなろうとするひとが多いんだよね。で、あたしにがっかりするの」

なるほど、たしかに、と心の中で呟いた。

伊緒里の場合見た目と中身の差が激しいので顕著に出るが、そうでなくても、趣味が合わないとか話が続かないとかで距離ができる場合がある。

「でも仲良くなる子もいるでしょ。男子も女子も」

「そりゃあね。でもさー、女子はあたしに下心なんか抱かないじゃない」

返事をせずに、カフェオレをもう一口飲む。が、すでに中身はからっぽだった。

女子と男子。伊緒里の中にはそこに明確なグループ分けができている。

「男子は最初に下心があるから、どうしてもあたしが友だちには見られないっていうか。警戒、とはちがうけど、女子なら〝見た目はきれいなのに〟って言われても笑えるのに、男子に言われるとなんか、やだなってなっちゃう」

伊緒里はどこか申し訳なさそうに言った。

相手が悪いわけではなく、伊緒里の気持ちの問題なのだろう。飛び抜けた美人にはそれなりに苦悩があるようだ。

「でも、裕貴くんは、ちがった」

「どこが？」

「裕貴くんは、ただあたしを〝羽那の友だち〟としてしか見てなかった」

そう言われると、そうかもしれない。裕貴は見た目でひとを判断することがない。というかむしろ見た目で判断することに警戒している節がある。家に姉と妹がいて父親は海外に単身赴任中だからか、家の中では居場所がない、姉ちゃんも妹も外面はいいけど家ではひどい、とよく愚痴っていた。どうやらよく言えば頼られていて、悪く言えばパシられているようだ。まあ文句を言いつつも裕貴が姉も妹も、そして母親のことも大事に思っているのは口ぶりからしてわかるのだけれど。

なんだかんだ、裕貴はやさしい。

今の時代、男が女が、と口にするのは非難されるが、裕貴は男は女を労るべきだ、と思っている。だってどうしたってだいたいのひとは女のほうが男よりも体は小さいし力もないのだから、と。侮ったり下に見たりはしないし、区別もしない。

中学生の頃に裕貴が好きになった女の子は、本当に素敵な子だった。見た目がかわいいとかきれいとかではなく、内面が本当に素敵で、わたしもこっそりと憧れていた。そんな彼女を好きになった裕貴はさすがだなと思った。ふたりは結構仲良くしていて、そのことがまったく気にならなかったと言えば嘘になるが、落ち着かないほどではなかったのは、彼女にはすでに彼氏がいたからだろう。

「裕貴くんは、あたしになんの好意も抱いてなかった。そういう勘は、いいほうなの、あたし」

「なるほど。でも、それはあってるよ。裕貴は、そういうやつだから」

わたしは、そんな裕貴を、心底信頼している。

裕貴はわたしの気持ちを知っても、あっさりと受け入れてくれるだろうという確信もしている。

伝えていないのは、わたしの問題だ。わたしにはその勇気と覚悟が足りず、そのせいでこんなにもややこしい状況に陥ってしまった。

「こんなのはじめてだから、よくわかんないんだよね。好きだなあとは思うけど……恋愛なのか友情なのかがわかんないっていうかさ。そもそも裕貴くんがあたしをどう思ってるのかわかんないし」

「勘はどうしたのさ」

「今はもうない。特に裕貴くんに関してはさっぱりわかんない」

それは、伊緒里が裕貴のことを好きだからなんじゃないの？　と口にしてあげるほどわたしはやさしくない。だから「好きなのかなあ」という伊緒里の疑問に「わたしがわかるわけないじゃん」と苦笑して肩をすくめた。

今、伊緒里の中で裕貴だけが、男子ではなく裕貴という名前のある存在なんだろう。

「はじめは裕貴くんって羽那が好きなんじゃないかと思ったんだよね」

「……まさか」

「羽那も、裕貴くんには気を許してる感じがするし、付き合ってるのかも、って。ふたりは否定してたけど、ほんとにーって疑ってたから、裕貴くんをそういうふうに見てなかったんだよね。むしろ羽那を取られると思って警戒してたかも」

なにそれ、と噴き出してしまう。

「意識したことなかったから、なんかよくわかんないな、やっぱり」

「ふうん」

「あ、今はさすがに裕貴くんも羽那も、お互いに特別な感情はないってわかってるけどね！　羽那の好きなひとが裕貴くんじゃないことだけは、断言できる！　ありえない！」

自信満々に言われた。

「なんでそう言い切れるの」

「だってないもん。ないない。少なくとも羽那は、裕貴くんを好きじゃない」

「相当の自信じゃん。じゃあ、わたしは誰を好きだったと思う？」

「それはさっぱりわかんないー！」

裕貴でないことはたしかだけれど、じゃあ誰か、はわからないのか。

なんで、わからないんだろう。

もちろん、伊緒里に限ったわけではなく、裕貴にも、他の友だちにも、バレたことがないのだけれど。それほどわたしは隠すのがうまいのだろうか。自分ではそんなふうに思えないどころか、自分でもしまった、と焦る瞬間があるくらい言動が露骨になってしまうことも多いのに。

伊緒里を含めたすべてのひとが、わたしが裕貴を好きなのはありえない、と言い切れるのは、そんなはずがないと思い込んでいるだけなんじゃないか。先入観のせいで、気づかれないだけなんじゃないだろうか。

「でもさあ」

伊緒里が口元を両手で覆って、ちょっと恥ずかしそうに言った。

「あたしの気持ちはさておき、裕貴くんはあたしのことどう思ってるんだろ」

もしも告白されたらどうする？という質問は呑み込んだ。かわりに、

「どうだろうね」

と言って、話を終わらせる。

が、伊緒里はしばらく黙って考え込み、そして「ねえ！」と勢いよく顔を上げた。

伊緒里がこういう態度を見せるときは碌なことがない。いやな予感がする。

「今、裕貴くんなにしてるの？」

「は？　いや、知らないよ」

「んじゃ呼び出そうよ。三人でこうして遊ぶのも、この先難しくなっちゃうかもしれないしさ」

なんでそうなる。

いやだよ、どうでもいいじゃん、と何度も拒否したが、伊緒里はこういうとき絶対に引き下がらない。わたしが裕貴の名前を出してしまったせいで、自分の気持ちをた

しかめたくなったのだろう。伊緒里の行動力を失念していた。思わず気になって訊いてしまった自分が恨めしい。

どうか用事があってくれ、と祈りながら渋々裕貴にメッセージを送る。と、すぐに返事がきて、三十分もしないで裕貴はわたしたちのいるカフェに飛び込んできた。

来たところで今日の夜は伊緒里に予定があるので夕方までしか会えないのに。それほどまでに伊緒里に会いたかったのか、暇人め。うれしそうに顔をだらしなく緩ませているのもまたムカつく。なんだその顔。伊緒里も伊緒里で、わたしに向ける笑顔と微妙にちがうことに自分で気づいていないのが、不思議で仕方がない。なんなんだよこのふたりは。

とはいえ、ひとり不機嫌そうにするわけにもいかない。

三人になったらわたしは大抵聞き役になるので、いつものようにふたりの話に耳を傾けながら、時折ツッコミを入れたり茶々を入れたりして二時間ほどを過ごした。話の内容は主に、大学生になってからのことだ。

「あーやっぱり羽那は不合格になってほしいー」

伊緒里が相変わらずひとの不幸を願う。

裕貴は国公立の合否にかかわらず、実家から出る予定はない。大学はちがえど、伊緒里とは今とかわらずそれなりに近い距離で過ごすことになる。

わたしは合格すればひとり遠方に行く。けれど落ちてしまえばこの先もこの関係が続く。伊緒里はそれを望んでいる。

わたしがそれをどれだけ回避しようとしているのかも知らずに。

そして数日後に伊緒里に告白しようと思っている裕貴でさえ、わたしがこの土地に残ることを、この関係がかわらないことを願っている。

わたしが告白してしまえば、あっけなく壊れる関係だとも知らずに、ふたりとも好き勝手なことを。

ふたりが望む関係で居続けるには、わたしが想いを秘め続けなければいけないのに。

わたしだけが、我慢を強いられることになるというのに。

わたしが問題なく合格すると確信しているからこその冗談混じりの本音だとわかっていても、胸がジクジクと痛む。

ははは、と乾いた笑いを返しながら、悔しさで滲む涙を必死に堪えた。誤魔化しきれないほど感情が昂り、トイレに行って個室の中でひっそりと涙を拭った。ふたりはわたしがそんなことをしているなんて、微塵も想像していない。それがなおさら惨めに感じて、口の中に鉄の味が滲むまで食いしばった。

「あ、雨降ってるじゃん」

店を出て、裕貴が頭上を仰ぐ。サラサラと降り注ぐ雨に顔を顰めて「傘ねえ」と呟いた。

「家出るとき降ってなかったの？」

「ちょうどやんでたから持ってきてねえ。駅まで羽那の傘に入れて」

「いいけど」

店から駅までは十分ほどで、そのあいだ雨を凌げる場所はない。仕方ないなと傘を広げようとすると、伊緒里が「あたしの使っていいよ」と裕貴に差し出した。淡いピンクと白のグラデーションになっている伊緒里の傘だ。傘を開こうとしていたわたしの手が止まる。

裕貴をチラリと見れば、ちょっと口元が緩んでいた。

伊緒里と一緒の傘の中に入れることに、喜んでいる。それを口にしたのが伊緒里だということにも。ただ突然のチャンスにヘタレの裕貴は戸惑っているらしく「え」「でも」ともごもごと呟いた。

「そうしたら？」

いつまでも店の前でこんなしょうもないやり取りをしていても仕方がない。それ以上に、こんなふたりを見続けなくてはいけないことにうんざりする。わたしに背中を押されたのか、裕貴が伊緒里の傘を受け取った。どうぞ仲良く相合傘でもしてください、と思いつつ傘を開く、と。

「んじゃ、行こ！」

「へ？」

がしっと腕を摑まれた。伊緒里がぴったりとわたしに寄り添っている。目を瞬かせると、「どうしたの？」と伊緒里はこてんと首を傾げた。

「わたしの傘に入るの？」

「そうだよ。裕貴くんはあたしの傘で、あたしが羽那と一緒の傘。女同士のほうが濡れないでしょ」

わたしがびっくりしていることが心底不思議そうに伊緒里が言う。裕貴は「そういうことね」とぽつりと呟き、伊緒里の傘を広げてひとり歩きだした。

え、なにこれ、いいの？

「ほら、はやく行こ」

「あー、うん、まあいいけど」

伊緒里はぎゅうっとわたしの腕に絡みつき、濡れないようにぴったりとくっついてくる。歩きにくいほどに。わたしよりも身長が高いんだから傘をさしてよ、と言うと「いいけど、かわりに羽那があたしと腕を組んでくれないと濡れるよ」と言われた。

たしかにわたしは伊緒里と腕を組んで歩くことはないだろう。今の体勢のままで伊緒里に傘を預けたらそれこそ傘の意味がないほど濡れそうだ。

それに。

裕貴はがっかりしたように微苦笑を浮かべている。

ざまあみろ、と意地の悪いことを思い、

「仕方ないな」

と言って軽い足取りで雨の中に足を踏み出した。

雲の隙間に太陽の光がこぼれ落ちていて、わたしの複雑な感情をわかりやすい絵にしたみたいだなと、そんなことを思う。

裕貴がわたしに告白の相談にきたのは、それから二日後の、大学合否発表前日のことだった。

……いや前日も、なんなら告白の決意表明をされた日から毎日、なにかしらの相談を受けていたのだけれど。

「なんなのもう」

めんどくさいのでメッセージの返事をなおざりにしていたら家にまでやってくるとは。わたしの部屋であぐらを組んで座っている裕貴にため息をつく。

「いやあ、羽那の部屋に入るの久々だな」

「じろじろ見ないでよ、デリカシーがないな。っていうか家にまでくるな」

「本当は呼び出してどっかでお茶でもしようと思ったんだけど、メッセージは既読無視されるから」

無視したことを後悔する。

外は結構寒いらしく、裕貴の顔は赤く染まっていた。

「でもさすがに家に上がるつもりはなかったんだぞ。おばさんがどうぞって言うから」

「わたしのお母さんが家に上げないわけないでしょ。最初からわかってたくせに白々しい」

中学まで、裕貴はゲームをするためによく家に来ていた。裕貴の家にはゲーム機がなかったからだ。家にいると姉にこき使われて妹の面倒を見なくてはいけないから、とも言っていた。高校生になってからは一度もなかったので、母親は久しぶりにやってきた裕貴を歓迎し、すぐに家の中に入れたのだろう。わたしを呼ぶことなく部屋へ促したので、ヘッドフォンをして音楽を聴きながらベッドで横になっていたわたしの驚きと言ったら。

母親が持ってきてくれたホットココアに口をつけて「なにしにきたの」と裕貴に訊く。裕貴はクッションを座布団がわりにして「最終相談、みたいな？」と恥ずかしそうに言った。わたしはベッドに腰掛けた状態なので、照れている裕貴を見下ろしている。

「好きにしなよ。なんでわたしに訊くの」

「だって、やっぱり伊緒里と仲良いしさ」

「だからって相談されても。なに？　じゃあやめれば？　告白なんてしないほうがいいよ、って言ったらそうすんの？」

なげやりな調子で言うと、裕貴は「え！」と驚いた顔をした。

「おれ、告白しても見込みなし？」

「は？」

「だからやめとけってこと？」

誰もそうは言っていない。が、そう思っても仕方ない発言だったかもしれない。あまりの狼狽えぶりに良心がちくりと痛む。けれど……。

「もしそうだったらやめるつもりなの？」

その程度の気持ちだったのだろうか。

つまりなんだ、裕貴は伊緒里も同じ気持ちだとそう確信していたってことなのか。

わたしの目から見ればそれは明らかで、お互いに多少期待しているのはわかる。でも、振られる可能性を考えていなかったのかと思うと、むかむかしてきた。

——わたしは、振られるのを覚悟して、告白しようと思ったのに。

わたしの想いが実ることはない。ひとかけらの期待も希望もない。そんなことはわたしが誰よりもわかっている。それでも言わずに後悔しながらだらだらと関係を続けることになるくらいなら、と。その結果、今の関係が崩れることも覚悟のうえだ。そのほうが、すっぱりきっぱり諦めることができる。

そう思い至るまでどれほどの葛藤があったと思ってるのか。それをいとも簡単に、悪気なく、あっさりと粉々にした目の前の裕貴が、憎らしくて仕方がなくなる。

裕貴は「だって」と、もごもごと言い訳のようなものを口にする。

「在学中なら振られても接点があるから、友だちのままでもそばにいられるかもしれない。でも、同じ地元暮らしとはいえ大学はちがうから、友だちでいたくても、無理になるかもしれないだろ」

どれだけヘタレなんだこいつは。

「告白しないままなら、友だちとしておれから連絡も気軽にできるけど、振られたらやっぱり……伊緒里に気を遣わせるし、伊緒里は……おれを避けるような気がする」

「まあ、それは否定できないかな」

伊緒里は自分への好意に敏感だ。特に自分がなんとも思っていない相手からのものに対して。

もしも今現在、伊緒里が裕貴に好意を抱いていなかったなら、伊緒里は間違いなく振った相手と同じ学校でもないのに友だちで居続けようとは思わないだろう。ましてやふたりきりで会うことは絶対ないはずだ。

「羽那がそばにいたらそうはならないかもしれないけどさ」

「残念だね」

裕貴の言うように、わたしがいれば〝わたしの幼馴染（おさななじみ）〟としての接点は残っただろうが、あいにくわたしは遠方の大学に進学予定だ。受かっていれば、だが。

そう考えるなら告白せずに友だちのまま伊緒里の好意を惹（ひ）くために努力し続けたほうがいいだろう。そうすれば実る、というわけでもないものの、チャンスは残される。

結局ただのヘタレだなとしか思えないけどね。

わたしの決意とは雲泥の差がある。ヘタレのせいでなんでわたしが告白を諦めなくてはいけないのか。むかむかしすぎてココアが気持ち悪くなってきた。

「じゃあやめなよ」

そっけなく口にする。裕貴がやめれば、わたしは悩むことなく告白できる。わたしは裕貴とちがって振られることを覚悟しているどころか、振られるのは確定している状態なのだから、わたしに譲れ。振られたところで大学は別々だ。関係を破綻（はたん）させるのが目的なので、地元に残ることになっても問題ない。

「なあ」

裕貴が眉を下げてわたしを見上げた。

「実際のところ、伊緒里っておれのことどう思ってんの？」

「裕貴まじで、ヘタレオブヘタレだね」

ドン引きだわ、とわざとらしく体を引くと、裕貴は「茶化すなよ」と拗ねたように言った。茶化しているが本音だっつの。

でも、裕貴の表情は真剣そのものだ。ヘタレではあるが、それだけ伊緒里が好きなんだと受け止められないこともない。これまでの裕貴とのつき合いで、これほど不安げで、けれど必死な表情は今はじめて見る。

「じゃあ、裕貴は伊緒里のどこが好きなの？」

「っな、なんだよその質問」

「聞いてなかったなって思って」

寒さではなく羞恥で裕貴の顔がみるみる赤くなっていく。そのうち湯気でも出てきそうだ。

「ど、どこって……かわいい、ところかな」

「見た目ってこと？」

「伊緒里の見た目はかわいいっていうか美人だろ。かわいいのは、その、なんだろう、なんか、オーラ？」

「オーラ、ね」

いつもにこにこしているところだろうか。

それとも感情表現が豊かなところだろうか。

もしくは、さびしがり屋の甘えん坊で、ちょっとわがままなところだろうか。

「それに、誰かの陰口とか叩かないしさ」

そりゃあ伊緒里みたいに見た目がよくて中身は親しみやすい大雑把な性格なら、誰かの陰口を叩きたくなるような状況に遭遇することはないだろう。男子はもちろん、女子だってそれなりの相手を攻撃するようなことはしないのだ。多少嫌みを言われても、鈍い伊緒里は気づかないし。ただ、愚痴は多いけれど。不平不満を話しはじめたら伊緒里の口はなかなか閉じることがない。裕貴はきっと知らないだろう。

「ひとを試すこともないだろ」

試さなくてもかわいく頼めばなんでも思い通りになるからだ。おまけにしつこい。

これまで何度伊緒里のわがままに振り回されてきたか。選択授業は絶対に一緒でなければいやだと言われたし、週末はゆっくりしたいと言ったら、じゃあゆっくりしていいから家に泊まりに行くと言われた。滑り止めの大学も似た感じだった。本命に関してだけは将来がかかっているのでさすがのわたしも伊緒里に合わせようとしなかったし、伊緒里もわたしの頑なな態度に渋々ではあるが受け入れた。

わたし以外にも友だちはいるのに、なんでわたしにあれほどべったりなのか不思議で仕方がない。

何度か「伊緒里に依存されてるよねぇ」と友だちに言われたこともある。

「素直なんだよな、伊緒里って」

それは、単純だからだ。

ひとの言動を見たまま受け止める。嫌みなんかはほとんど通じない。それが悪いことだとは思わないが、察しが悪くて呆れることは数えきれないほどあった。そのくせ時折、妙に勘を働かせるのでタチが悪い（わたしが伊緒里を避けようとしていたこととか）。

相手がどう思っているのかを気にせず、素直に、思うがまま、感情を露わにして言動に移す。

それを〝かわいい〟と思う裕貴の気持ちはわかる。

でも、ときどき、わたしには〝無神経〟と感じるときが、ある。

そう思うのは、わたしの問題で、伊緒里の問題ではないことは重々承知している。

マグカップを持つ手に力を入れて、気持ちを落ち着かせる。伊緒里と同じように鈍感な部類にはいる裕貴は「それに、いつも笑ってるところも」とか「気が合うんだ」と惚気のような発言をひとりで続けていた。

「いつから、好きなの？」

ひとりの世界に浸っていた裕貴を引き上げるように、少し大きめの声で問う。その効果があったのか、裕貴ははっとしてから首を捻った。

「二年の終わり、かな。でもちゃんと好きだって思ったのは、三年の、志望校を絞る頃だったかな」

「結構最近なんだ」

わたしは、それよりも前から想いを秘め続けていたのに。

ずっとそばにいたのに。たくさんのことを一緒にしてきたのに。

「このままでいたいなって、思ったんだ」

「このままって言っても、わたしはいてもいなくてもよかったんでしょ。むしろいないほうがいい」

「そんなこと言ってないだろ。羽那は、なんというか別格。伊緒里にとってもそうだろ」

はっきりと迷いなく言われ、返事に窮してしまった。

ヘタレなだけではなく裕貴はおひとよしなのだろうか。ふたりが付き合っても、まるでそばにわたしがいることはなんの問題もないみたいじゃないか。なんならデートについて行っても受け入れそうだ。裕貴だけではなく伊緒里も同じ気がする、というかそうする。むしろわたしをわざわざ誘いそう。

それだけ、裕貴はわたしを信頼しているのだろう。

伊緒里がわたしを大事に思っていることを受け入れているのだろう。

「ばかだね」

ふははと笑って俯(うつむ)き顔を隠した。いくら思っていることを隠すのがうまいわたしでも、今の自分がどんな顔をしているのかは想像することもできなかったからだ。ひどく歪(ゆが)んでいたら、さすがの裕貴もなにかに気づいてしまうかもしれないから。

ばかだな、ほんと。

裕貴も、伊緒里も。

「なあ、さっきの質問に答えてくれよ」

「なに、さっきの質問って」

「伊緒里はおれのことをどう思っているのかって」

ああ、たしかにそんな話をしていたっけ。

伊緒里が裕貴のことをどう思っているのか。そんなのわかりきっている。伊緒里はまだ答えを探している様子だったが、誰かにそれは恋だと言われればすぐに理解するだろうし、裕貴が告白すれば迷うことなく受け入れ、自分の想いを自覚するだろう。

でも。

「知らない」

あいにくわたしは、やさしくて親切な人間ではないのだ。

このまま裕貴が告白するのを諦めてくれたらいい。遅かれ早かれふたりは結ばれるはずなので、今回はわたしに譲ってくれたってバチは当たらないはずだ。

わたしの返事に裕貴は「なんだよそれー！」と不満げな声を出した。

「知らないものは知らないんだよ」

「じゃ、じゃあ、伊緒里の好みとかは？」

必死な裕貴に免じて、思い出を探ってみる。たしか、今夏に放送されていたドラマに出ていたひとのことをやたらと好きだと言っていた。切れ長の目がクールな印象を受ける、元モデルのひとだ。

朧げにそのひとを思い浮かべながら、裕貴を見る。残念ながら、似ても似つかない。裕貴は切れ長というかタレ目だし、クールなんかではなく天真爛漫、といった雰囲気がある。

それをいえば、裕貴は諦めるだろうか。

でも、好きな芸能人と実際好きになるひとは、別だ。

だから。

「知らない。そういう話興味ないから」

そう答えた。

裕貴にとっても伊緒里にとっても、こんな性格の悪いずるい卑怯なわたしなんかと友だちになったことは、今までの人生でいちばんの失敗だと思う。

そしてそれは、わたしにとっても。

がっくりと肩を落として俯く裕貴のつむじを見ながら、自分への嫌悪感が体内で渦巻いているのを感じた。

ま、どんだけ卑怯な手を使って裕貴の告白を阻止しようとしたところで、すべて無駄なことだったのだけれど。

結局、昨日裕貴はわたしに大学に無事受かったことと、今日伊緒里に告白することを報告してきた。学校に報告に行った帰りに呼び出して告白する、とのことだ。あっそ、と返事をしたとき、自分がどういう気持ちだったのかはよくわからない。一週間悶々としすぎてどうでもよくなってしまったのだろうか。

自分が告白をするのか、もしくは諦めたのかも、わからない状態だ。

ずっと天秤がゆらゆらと左右に揺れていて、定まらない。どちらにも傾かない。

自分がどうして悩んでいるのかすら、わからなくなっている。

「雨やまないね」

窓の外を見ていた伊緒里が呟く。

伊緒里の横顔は、いつものようにきれいだった。けれどふとわたしのほうを見た伊緒里は、へにゃりと頬をゆるませて笑う。この笑顔を、裕貴は知っているのだろうか。たぶん知らない。告白がうまくいけば、見ることになるだろう。

「裕貴、傘持ってんのかな」

ふと、口にする。それを拾った伊緒里が「聞いてみようか？」と言ってわたしの返事を待つことなくスマホを操作しはじめた。裕貴が持っていなければ、三人に対して傘が一本しかない状態になる。が、「持ってるって」と伊緒里が報告してくれた。

「ね、いつ引っ越すの？」

「来週には。物件はすでに目星つけてるからね」

「受かる前提か。ま、羽那なら受かるとは思ってたけどさ」

明日から急いで荷造りをして準備をはじめなくてはいけない。物件は親戚が管理しているアパートの一室だ。だからこそ両親はひとり暮らしをあっさりと認めてくれた。つまりはじめはかなり反対されていたのだ。そのことをわたしは伊緒里には言っていない。言えばなんでそこまでするのかと問い詰められるのが目に見えている。

「三年間、ずっと一緒だったのになあ」

伊緒里がしょんぼりしている。

「伊緒里なら大学でたくさん友だちできるから大丈夫だよ」

「友だちができても、羽那はいないじゃない」

ぎゅ、と心臓が締め付けられた。伊緒里がわたしを求めているのが、真剣な表情から読み取れる。複雑な感情が体内を駆け巡る。

ずっと伊緒里に訊きたいことがあった。

何度も訊こうと思ったけれど、わたしはそれを口にすることができなかった。言葉にした瞬間、なにかが壊れてしまうような恐怖があった。

でも、今ならば。最後になるだろう今ならば。

「……なんで伊緒里は、そんなにわたしと一緒にいたいの?」

三年間、クラス替えがなかったとはいえ、伊緒里とわたしの関係は濃密すぎていたと思う。伊緒里はいつもわたしの名前を呼び抱きついてきて、いつでもそばにいたがった。性格も、趣味も、食べ物の好みでさえもわたしたちはまったくちがうので、なにをするにも共に楽しめるような関係ではなかったはずだ。

「なにそれーどしたの急に」

「不思議だなって、思ってたんだよね」

「んー、そうだなあ。不思議に思いながらでも、一緒にいてくれたから、かなあ」

今度はわたしが「なにそれ」と返す。

「あたしたちなにもかもちがうけどさ、でも、羽那はそれを理由にあたしの誘いを断ることはなかったじゃん。まー、あたしがしつこいのもあるけどー」

「自覚あるんだ」

「ちょっと！」

むうっとする伊緒里に噴き出す。伊緒里も「もう」と言って笑う。

「はじめて話したときに、この子好き！　ってなったんだよね」

はじめて、というのは入学初日にドアの前で言葉を交わしたときのことだろうか。でも、特別なことを話した記憶はない。仲良くしようね、とか、友だちになろうと言ったり言われたりした記憶もない。なにがそんなに伊緒里の琴線に触れたのだろう。

首を捻(ひね)って考えていると、

「そういうところ」

と伊緒里がわたしを指さして言った。

「羽那って、相手が誰でも、羽那のままなの。あたしの見た目にも、中身にも、なんにも思わなかったでしょ。ギャップがあるね、とは思っただろうけど、それだけ。それ以上もそれ以下もないっていうかさ」

「それは……まあ、そうかも？」

よくわかんないけど。

「あたしがわがまま言っても、べたべたしても、困った顔はするけど、それだけなの。最終的には仕方ないなって受け入れてくれるの。他人の目は気にせず、自分の目に映るものを、ありのまま受け入れてくれる」

そんなふうに思っていたとは。

べつにそんなに懐の深い人間ではないのだけれど。

「でもわたしは、ひとの目を気にしてないわけじゃないよ」

むしろ、誰よりも敏感なんじゃないかとすら自分では思う。敏感だからこそ、動揺しないように、まわりに変に思われることがないように、振る舞っていたと思っている。

「そうなの？　でもあたしより全然気にしてないと思うなあー。だって裕貴くんと噂されてもお好きにどうぞって感じだったし、羽那の澄ました態度がーって文句言ってた子たちのことも無視してたじゃん」

「まあ、それは……言っても仕方ないし」

そんなのいちいち相手にしても無駄だからだ。

わたしと裕貴が男と女だから噂されているのはわかる。でも、わたしたちにとっては〝わたし〟と〝裕貴〟で、性別は関係なかったから。でもそれを、説明したところでうまく伝わらないだろうと思っていた。

　わたしの認識がまわりとはちがうものだと、中学生の頃には自覚してたから。

「知ってる？　裕貴くんもそういう部分があるの。似てるの、羽那と裕貴くん」

「えー？」

　思い切り顔を顰めてしまう。あのヘタレと一緒にされるのはなんだかいやだ。

「裕貴くんも、あんまりひとを先入観で見ないでしょ。美人とかかわいいとか、女だとか男だとかでさ。それ、羽那の影響だって言ってたよ。男のくせにって男子にからかわれて泣いてた自分を、羽那が、男のくせにじゃなくて、いつも調子乗ってる裕貴のくせにかっこわるいよね、ってばかにしたんだって」

　おそらく、虫がさわれなくて泣いていたときのことだろう。わたしの記憶はかなり脚色されていたらしい。わたしはそんなひどいことを言ったのか。でも、そのとおりだよな、と今の自分も思う。

「あたし、そういう羽那が好き。たぶん、羽那が男でも女でも」

　えへへ、と恥ずかしそうに伊緒里が微笑んだ。

　心臓が締め付けられて、喉が苦しくなる。じわりと風邪を引いたときのような喉の痛みが広がり、視界が微かに霞んだ。

男でも女でも、好き。

なら、ならば。

――今ここで、わたしは伊緒里が好きなのだと言えば、伊緒里はどんな反応をするのだろう。

伊緒里がわたしに対して使う〝好き〟に、性別の区別はない。だからこそ、それは、わたしが伊緒里に抱く〝好き〟とはまったく別物だということだ。

わたしは男でも女でも伊緒里が好きなわけではない。

わたしにとって性的対象である女の伊緒里が、好きだから。

伊緒里が、裕貴が好きなのと同じように。

裕貴が伊緒里を好きなのと同じように。

一目惚れとまではいかないけれど、伊緒里の見た目がわたしは好きだ。話しかけたのも、もしかしたらそんな邪な思いがあったかもしれない。

伊緒里はそれにこの三年間気づかなかった。異性からの好意には敏感なのにもかかわらず、わたしの好意には無反応だった。

親しくなればなるほど、伊緒里の意外な一面を好ましく思った。

伊緒里がわたしになんの警戒心もなくくっついてくるのがうれしかった半面、下心が露わになってしまいそうで怖かった。抱きつかれるたびに心臓が早鐘を打った。泊まりになれば必ず同じベッドで眠る羽目になったので一睡もしたことがない。体内からなにかが暴れ出るのを抑え込むのに必死だった。

わたしのそんな気持ちに、伊緒里は一度も、気づかなかった。

隠していたけれど、バレてもおかしくないほど、わたしは伊緒里にだけ甘かった。頼まれればなんでもしてあげたかったし、わがままも甘えているようにしか受け止められなかった。だから、あっさりと伊緒里の言うことを聞かないように、必死に自分を偽って過ごしていた。

わたしの想いを知ったら、伊緒里はどう思うだろう。

申し訳ないと謝るのか、ありえないと嫌悪を見せるのか。それとも、あっさり受け入れるのか。

どれもわたしが望んでいる対応ではない。

好きな伊緒里に返してもらいたいものなんて、わたしと同じ種類の好意だけなのだから。

伊緒里のそばにい続けたら、わたしは一生伊緒里のことを好きでい続けるだろうと、そんな予感を抱いた。だから、いっそ手放そうとひとり暮らしをする決意をした。伊緒里のことだから離れても友だちでいようとするだろう。定期的にわたしにメッセージを送ってきたり電話をしてきたりするだろう。休みに入ればわたしが実家に帰る日程を確認してきて、ほぼ毎日一緒に過ごそうとするだろう。裕貴という彼氏がいてもいなくても。

さりげなく距離をとることも可能だが、それならばいっそ、はじめての告白を伊緒里に捧げてみたくなった。

壊れることも、失うことも、受け入れる覚悟をした。

そのくらい、好きで、好きで、仕方なかった。

「羽那？」

黙りこくったわたしを、伊緒里が心配そうに覗き込む。

どうせ、裕貴と伊緒里は付き合う。そうなったふたりと一緒にいるのは無理だ。三人で出かけるなんて最悪だし、伊緒里から裕貴の惚気話を聞かされるかもしれないと想像するだけでうんざりする。耐えられない。

「伊緒里」

なら、告白したっていいのでは。

どっちにしても、もうわたしたちは今までのままでいられない。

ならば、自分の手で壊したっていいのでは。

傷つくのはわたしだけだ。

「羽那？　大丈夫？」

机の上にあったわたしの手に、伊緒里の細くて長い指先が重なる。

無意識に力一杯拳を作ってしまっていたようで、手のひらに爪が食い込んでいることに今気づいた。

「なんか、体調悪い？　帰る？　送るよ？」

「……わたしを送ったら、裕貴の呼び出し、無視することになるよ」

「そんなの今は関係ないでしょ、なに言ってんの」

間髪を容れず、伊緒里が言う。

突然視界が晴れていくのを感じた。この一週間ずっとわたしのまわりにまとわりついていたなにかが飛散していく。聴覚もおかしくなっていたのか、急に雨音が大きく聞こえはじめた。

雨が降っている。

数日前にカフェを出たときのような、雨だ。

裕貴から連絡が入ってもうすぐ二十分がすぎる。伊緒里はそろそろ教室を出て裕貴に会いにいかなくちゃいけない。そして、伊緒里は裕貴から告白される。めでたくふたりは恋人同士になる。

だからといって今日、ふたりはわたしを置いてふたりで帰ることはしないはずだ。なんせ、合否の報告に無関係な伊緒里がついてきたのは、これからひとり暮らしをはじめるわたしとの高校最後の思い出を作るためだったから。

この雨の中を、ふたつの傘で。

「ねえ大丈夫？」

「……伊緒里はさ、またわたしと同じ傘に入るの？」

伊緒里の質問を無視して、訊く。

「もちろん」

突然脈絡のないことを訊いたのに、伊緒里は迷いなく応えた。

「なんでわたしと入るの？」

「なんでって、羽那がいいから。裕貴くんと羽那が一緒の傘とかずるいじゃん。裕貴くんは幼馴染で昔から羽那のこと知ってるんだよ。すでにずるい」

「裕貴と伊緒里が一緒に入れば？」

「え、なんで？　羽那がいるのに？」

伊緒里は本当にわからないらしく、首を傾げた。

「もし、今から裕貴に告白されて、裕貴と付き合うことになっても、わたしと同じ傘に入る？」

「当たり前じゃん」

伊緒里はまっすぐに、一切の迷いなく、答えはひとつしかないかのように言い切る。嘘偽りはなく、その場しのぎで言っているような感じでもない。いつどこでこの質問をしても、たとえ本当に裕貴と付き合ったあとでも、伊緒里は同じ返事をするだろうと確信できる。

伊緒里にとってわたしは、そういう存在なのだろう。

それを素直にうれしい——とは思えないけれど。

ただ、躊躇なく手放せるものでもない。むしろ、汚れないように、壊れないように、宝箱にそっとしまっておきたい、そんな感じだ。

まだ離れていない伊緒里の手を握りしめた。

「伊緒里」

「なに？　やっぱり体調悪いんじゃない？」

首を横に振って、もう片方の手で教室の時計を指さした。

「もう時間じゃない？　裕貴が待ってるよ」

「え、あ、でも」

「わたしは大丈夫。ちょっとセンチメンタルになっただけって感じ。来週には引っ越すんだなーって、さすがのわたしも感傷に浸っちゃったな」

恥ずかしそうに肩をすくめてはにかむ。伊緒里は「でも」とわたしの嘘をあっさりと信じることはなかったけれど、告白を決意した裕貴を置いてふたりで帰るのは気が引けるので「ほらほら」と伊緒里を急かす。手がつながっているのをいいことに、立ち上がって伊緒里を引き上げた。一緒に並ぶと、わたしの目線よりも伊緒里のほうが数センチ高い。見下ろしてくる伊緒里の表情は、柔らかい。

わたし、ずっと伊緒里がきらいだったよ。

わたしの気持ちを知らずに、わたしとはまったくちがう種類の好きを、躊躇なく全身全霊で伝えてくる伊緒里が、大きらいで、愛おしかった。

「寒いからちゃんとマフラー巻いといたほうがいいよ」

そばの机に置かれていた伊緒里のマフラーを手にして首に巻き付ける。伊緒里はそれを黙って受け入れる。わたしにすべてを委ねる。

「羽那、本当に体調悪いわけじゃない？」

「悪くない。元気。しんどくても無理するほど我慢強くないよ、わたし」

伊緒里への気持ちを三年間秘め続けたのも我慢したわけじゃない。伝えて壊れるのがいやだという気持ちが勝っていただけのことだ。告白を決意したのは、今後の関係を続けるには我慢が必要になるとそう思ったからだ。

「ほら。あんまり待たせると、わたしじゃなくて裕貴が風邪引くかもよ」

「わかった。ちゃんと待っててね」

「コートはいいの？　貴重品は持っていって」

出ていこうとする伊緒里を慌てて引き留める。

「え、羽那、待っててくれないの？」

「わたしをトイレに行かせないつもり？」

暖房のない教室は結構冷えるのだ。トイレも近くなる。

「たしかに。そっか、そうだね」

ふははと笑って伊緒里はカバンから財布を取り出しポケットに入れた。そして、緊張と期待の入りまじった、重いのか軽いのかよくわからない足取りで教室を出ていく。

「すぐ戻ってくるから、待っててね」

「ちゃんと待ってるよ」

わたしの返事に伊緒里は満足そうに頷(うなず)いて、廊下に出る。そしてすぐにぱたぱたと駆けていく足音が耳に届いた。裕貴のもとに向かう伊緒里の足音は、どんどん小さくなって、やがて消えた。教室に残されたのは、静寂とわたしだけだ。

つうと頬を一滴の涙が流れていく。

それが引き金になり、視界が弾(はじ)けた。

口元を両手で覆うと、嗚咽がこぼれはじめる。

わたしは今日、失恋をした。

想いを口にはしなかったけれど、間違いなくわたしは伊緒里に振られたのだ。

ただそのかわり、わたしは伊緒里のかわらぬ想いをそのまま宝箱にしまうことができる。迷いも歪みもない伊緒里のままで記憶に残しておける。それは、想いを伝えることよりもなによりも、わたしにとって譲れないものだった。

歯を食いしばって、天井を向く。涙が床に落ちてはいけないから。

目を瞑って深呼吸を繰り返す。吸って、吐いて。吸って、吐く。そのうちゆっくりと涙が止まり乾いていく。最後に手のひらでぐしっと目元と頰を拭ってから、自分のコートを羽織ってカバンを肩に掛けた。

教室には、誰の姿もなくなる。

残された伊緒里の荷物だけがさびしく映る。

伊緒里はきっと怒ってわたしにメッセージを送ってくるだろう。そこは適当に聞き流せばいい。引っ越し前に会おうと言うかもしれないが、それはそのときどうするか考えよう。大学生になればお互い忙しくなり、多少連絡は少なくなるはずだ。少なくともわたしはそうなる。

——でも、たぶん、大丈夫だ。

告白してしまったほうがすっきりしただろう。でも、今のわたしはこの決断に微塵も後悔がない。この選択こそが最善だったと、今はもちろん、おそらく数年後も、信じられる。

いつか、わたしは伊緒里にたいして伊緒里と同じ気持ちで接することができる日がくる。どれだけ時間がかかるかはわからないけれど、そのとき、わたしは伊緒里に好きなひとがいるんだと、もしくは付き合っているひとがいるんだと、こんなひとなんだと、伝えることができるにちがいない。

「それまで待ってて」

からっぽの教室に呼びかける。

伊緒里なら待っていてくれる。そう思えるくらいには、伊緒里からの愛情をわたしはちゃんと受け止めている。

うん、大丈夫だ。

わたしは、大丈夫。

すべてをここに、置いて行ける。

「じゃあね」

そう言って力強く足を踏み出す。と、ふと視界の隅に伊緒里の置いていった傘が映り、立ち止まった。

外はまだ、雨が降っている。

三人にふたつの傘があれば、伊緒里はわたしと同じ傘の中を選ぶ。わたしは恋人には決してなれない。けれど、恋人になった裕貴よりも、わたしは伊緒里にとっての特別だということだ。

「今日だけは、わたしの特等席を裕貴に譲ってあげるよ」

伊緒里の傘を手に取ってから、廊下に向かう。

まあでも、裕貴と伊緒里が帰る頃には雨がやんでもいいけどね。

相変わらず意地悪なことを考え、別れを告げるようにそっと教室のドアを閉めた。

君に恋する資格をください
汐見夏衛

汐見夏衛（しおみ・なつえ）
鹿児島県出身、愛知県在住。二〇一六年、『あの花が咲く丘で、君とまた出会えたら。』でデビュー。著書に『夜が明けたら、いちばんに君に会いにいく』『僕の永遠を全部あげる』『ないものねだりの君に光の花束を』『たとえ祈りが届かなくても君に伝えたいことがあるんだ』などがある。

0　花吹雪

桜の花びらがはらはらと舞う中で、透き通った涙をぽろぽろとこぼしながら、君は見たこともないくらい嬉しそうな、幸せそうな笑みを浮かべていた。

その顔を見た瞬間、まるで火が灯ったように、胸の奥がぽかぽかとあたたかくなった。それから、頬がじわじわと熱くなった。

あのときの君の涙と笑顔の美しさを、ずっと忘れられずにいる。

きっと一生、忘れられない。

1　資格制

「陽奈子ちゃん。次美術だよー、一緒に行こ」

麻美ちゃんから声をかけられて、前の授業の教科書を抱えたままぼんやりと斜めうしろを見ていたわたしは、はっと我に返った。

どこを、誰を見ていたか、気づかれていないだろうか。どきどきしながら彼女の顔色をうかがう。そこにはいつもと変わらないほんわかした笑顔があって、わたしはほっと胸を撫で下ろした。

「ごめん、ぼうっとしてた。遅れちゃうね、行こ行こ」

わたしはなんでもないふうを装いつつ、急いで机の上のものを片付け、美術の教材とペンケースを持って立ちあがる。

前方のドアから廊下へ出る直前、無意識のうちに再び、教室のうしろのほうへ目が向いてしまった。

クラスでいちばん目立つ男女が集まっている賑やかな輪の中心。

一瞬だけ視界にとらえて、すぐに視線を逸らし、顔を背ける。

だから、見ちゃだめだってば。見る資格なんてないって分かるでしょ。見るな、見るな。

自分の目に、必死に言い聞かせる。

＊

学校は、資格制だと思う。

学校の中では——いや学校の外でも、学校という組織に生徒として所属している限り、すべての言動に『資格』の有無がつきまとう。

たとえばスカート丈を短くしたり、ズボンを腰で穿いたり、シャツの裾を出したり第2ボタンまで外したり、袖口のボタンを外して腕まくりをした状態で授業を受けたりなど、制服を着崩してもいい資格。

たとえばカラフルなペンケースだとか巨大なキーホルダーだとか、目立つものを持ってもいい資格。先生に見つからないようにこっそりと、でも他の生徒には見えるように、ピアスやブレスレットなどのアクセサリーを身につけてもいい資格。色つきのリップやマニキュアやマスカラを塗ってもいい資格。

授業中に指名されてもいないのに自分から発言してもいい資格。休み時間に大きな音で動画を視聴したり音楽を流したりしてもいい資格。2メートル以上離れた場所にいる人にも聞こえるくらいの声でしゃべったり笑ったりしてもいい資格。親友でもない人をあっけらかんと呼び捨てにしてもいい資格。

体育祭で大声で応援したり友達と写真を撮りまくったりはしゃいでもいい資格。文化祭で猫耳をつけたりウィッグをかぶったりコスプレをしてもいい資格。修学旅行の私服行動の日にミニスカートやショートパンツを穿いたり、大きなロゴの入った服を着たり、華美な服装をしてもいい資格。

学生なら誰でも自由にできることのように思えるかもしれない、でもどれもこれも、一部の有資格者にしか許されない特権的な言動なのだ。

たくさんの資格を持っている人は、学校は資格制に支配されているということにも、自分の手の中にどれほど多くの権利が握られているかということにも、きっと気づいていないのだろう。自分が生まれながらに当たり前に持っているものを自覚するというのは、たぶん難しいことなのだ。

逆に、なんの資格も持たない人ほど、他人の持っている資格がはっきりと見える。自分が持っていないものがよく分かる。

そういった資格の有無は、免許制度や試験制度によるものではなく、いわゆるスクールカーストと密接に関連している。カーストトップに属する選ばれし者たちは、当然すべての資格を持っている。おそらく小学生のころから最上位であり続けている彼ら彼女らは、いつだって自分がしたいことをして、言いたいことを言って、好きなものを身につけ好きな格好をすることができて当たり前だと思っている。

位が下がるにつれて、持ちうる資格はすこしずつ減っていき、最下位の人間は当然、なにひとつ持ちえない。自分のしたいことを、周囲の目を気にせず思い通りに実行する権利などない。

そして、自由に恋愛をする資格も、カースト下位の人間にはない。

たとえば誰かを好きになったり、両思いになって付き合ったりすることになったら、ごく親しい友達以外には絶対にばれないように、ひた隠しにしないといけない。

下位の人間同士で付き合ったとして、それが上の人たちに知られると、ここぞとばかりにからかわれ嘲笑されるのがオチだ。人前でいちゃいちゃしたり手をつないで帰ったりするなんて、上位の人間にしか許されない。

中でもいちばんの禁忌は、自分より上位の人に好意を抱くことだ。カーストトップの人を恋愛対象にするなど言語道断、天地がひっくり返っても決して許されない。

もしも、これらカーストの掟を破ったら、空気が読めない、かんちがいしている、キモいなどと罵られ、のけ者にされる。それで済めばまだましで、最悪の場合、苛烈ないじめに遭う危険性すらある。恐ろしくて絶対に無理だ。

つまり、だから、なにが言いたいかと言うと。

わたしには、彼を好きになる資格がない。

たとえ天地がひっくり返ってぐるぐる回りだしたとしても、わたしが彼に恋をするなんて、最大級の重罪だ。

分かっているのに、どうしてもわたしは、彼を目で追ってしまう。

喜多嶋光希くん。クラスでいちばんの人気者で、先生たちからも信頼されている。

性格は明るくて穏やかで、優しくて、勉強もスポーツも得意で、見た目まで格好いい。みんなに好かれないわけがない、まさに生まれながらのカーストトップの存在だ。

そんな彼とわたしは、もちろん住む世界がちがって、同じクラスとはいえ、会話する機会すらない。たまたま同じ空間にいるだけの、ちがう次元にいる人という感じだ。決して交わることのない関係。

そのはずだったのに、わたしが彼を目で追うようになってしまったのには、理由がある。

平行線だったはずのふたつの人生が、運命のいたずらか、神様の悪ふざけか、偶然に一瞬だけ交差してしまったのだ。

今年の春、高校二年生に進級する直前の春休み。

ほんの数日だけ、奇跡的に。そして運命的に……などとかんちがいしてしまいそうな自分を、調子に乗るなと叱りつける。

あれはただの偶然。忘れろ、忘れろ。そう言い聞かせる。

でも、どうしても、忘れられない。

だって、幻みたいな7日間だった。

たぶん彼は覚えてすらいないだろう。でも、わたしにとっては人生でいちばん眩しい、特別な7日間だった。

あの7日間の、奇跡みたいな輝きを、ずっと忘れられずにいる。

きっと一生、忘れられない。

2 白昼夢

今のわたしの席は、喜多嶋くんの席の斜めうしろだ。

斜めうしろと言ってもとなりの列で接しているのではなく、間に2列はさんで斜め後方。

これはわたしにとってベストな位置関係だった。

もしもすぐそばの席だったら、逆に絶対に彼のほうを見ることはできない。でもこういうふうに適度に離れていれば、見ることができる。しかも、近視ぎみのわたしでもはっきり顔が見える距離感だ。

黒板のほうに顔を向けると、自然と彼の姿が視界に入る。だから、誰にも怪しまれずに彼を見ることができるのだ。

それなら、すこしくらい見てもいいんじゃないだろうか。そんな気持ちに、どうしてもなってしまう。

べつに話しかけるわけでもない、告白するつもりもない。ただ、斜めうしろからひっそりと見るだけ。無害なはずだ。

しかも、見ていることを誰からも不自然に思われないのならなおさら、見るくらいのことは許されるんじゃないか。誰にもばれないのなら、わたしにだって、見る資格くらいはあるんじゃないか。そんな悪魔の囁き、甘い誘惑と必死に闘い、抗い、でも結局はあえなく敗北して、わたしは今日もひっそりと喜多嶋くんを見つめる。

黒板や先生を見ているふりをして、目線をすこしずつすこしずつ、じわじわとずらし、視界のはしっこで彼の姿をとらえる。

この角度からだと、喜多嶋くんの挙動によって、後頭部が見えたり横顔が見えたりする。彼が先生のほうを見ているときには後頭部が、彼がとなりの席の男子とひそひそ話をするときには横顔が、板書をノートに書き写しているときには襟足が見える。

わたしが頭を傾けると、前方を向く彼の表情も多少うかがい知ることができる。真面目に黒板を見つめる顔、先生の世間話に微笑んでうなずく顔、控えめに小さな笑い声をあげる顔。

くるくると変わる表情に、思わず見入ってしまう。なかなか目を離せない。

真剣に授業を聞いている姿もいいけれど、やっぱり喜多嶋くんは、笑顔がすてきだ。

彼はいつもにこにこしているけれど、その笑顔にはいくつも種類がある。いかにも明朗快活な弾けるように笑う顔、包容力にあふれる穏やかな微笑み、すこしやんちゃないたずらっ子みたいな笑顔。同じ笑顔でも全然ちがって見えて、次はどんな顔をするのだろうと、さらに引きこまれてしまう。

そんなことを考えながら喜多嶋くんを盗み見ていて、まるでストーカーみたいな思考回路だなと気づいてしまい、自分が心底いやになった。はたから見たらそうとう気持ちの悪い人間だろう。

はあ、と人知れず溜め息をもらし、黒板のほうへ視線を戻そうとした、そのときだった。

ふいに、喜多嶋くんが、こちらを振り向いた。

彼が振り向きはじめた瞬間から、世界がスローモーションになった。

喜多嶋くんの後頭部がゆっくりと動き、髪がさらりと音を立てそうに揺れ、耳やこめかみが見え、なめらかな頰が見え、すっと通った鼻筋が見えはじめ、流れるような横顔の輪郭があらわれ、長いまつげと頰に落ちるかげが見えた。

きれいな二重まぶたの目が、真横へ向けられていた薄茶色の瞳が、じわりと動き、こちらを向きつつあるのが見えた。

だから、わたしはちゃんと、彼がこちらを見てわたしの視線に気づいてしまうかもしれないというのも分かっていたし、一刻も早く目線を外して素知らぬふりをすべきだというのも分かっていた。

でも、頭では分かっていても、わたしの身体もスローモーションになっていたので、反応できなかったのだ。

そしてとうとう彼がこちらを見た。

喜多嶋くんが、はっとしたように目を見開いた。

完全に、目が合った。合ってしまった。

ひっ、と声が出そうになるのを、わたしは慌ててのみこんだ。

今さら目を逸らしても不自然で、ごまかしはきかないし、あまりにしらじらしい。

わたしは観念して、彼の眼差しを正面から受け止めた。

喜多嶋くんの瞳に、ガラス窓ごしの光が射しこみ、明るい琥珀色に透き通る。

その清らかさに魅せられ、魂を抜かれたように見つめていたら、ふっと彼の目が細くなった。

笑いかけてくれているのだ、と気づいた瞬間。

時間が止まった気がした。

心臓も止まった気がした。

次の瞬間、今度は爆発しそうなくらい激しく鼓動しはじめた。

口から心臓が飛び出しそう、ってこういう感覚のことか、と思う。

信じられないような気持ちで喜多嶋くんの顔を見つめる。

なんて優しい微笑みだろう。世界もわたしも溶けてしまいそうだ。

彼が、わたしだけに笑みを向けてくれたのは、あの春の日以来、はじめてだった。

「──はい注目。ここ重要だぞー」

先生がぱんっと手を打ち声のボリュームを上げたので、みんな顔を上げた。

喜多嶋くんも、一瞬だけくっと口角を上げ、ふいと前に向き直る。

でもわたしはまだ幻覚から抜けだせないような気持ちで、彼の背中を見つめながら呆然（ぼうぜん）としていた。

まだ信じられない。今の一瞬は、現実だったんだろうか。都合のいい白昼夢だったんじゃないだろうか。

でも、喜多嶋くんが向けてくれた笑顔が、わたしの網膜に、脳裏に、灼（や）きついて離れない。

きっと、一秒にも満たない視線の交錯。

だけど、それはまさに永遠だった。

3　願い事

翌日、体育の授業前の休み時間、わたしはいつものことながら憂鬱な気分だった。

学校生活の中で、体育の時間がいちばんストレスだ。

もともと運動は大の苦手なので、体育の授業やスポーツ大会、体育祭などの身体を動かす行事は苦痛だったけれど、さらに今は、喜多嶋くんを見ないようにしなくてはいけないというストレスが加わったので、本当に憂鬱だ。

運動神経のいい彼が軽やかな身のこなしで活躍する姿から意識的に視線を外すのは、いつもとても難しかった。

今日の授業は、体育館でバスケットボールをすることになっている。

球技全般がかなり苦手なのだけれど、中でもバスケは断トツで苦手だ。

ドッジボールやバレーボールのように相手チームと別コートに分かれて争う種目に比べて、バスケやサッカーのように相手と直接ボールを奪い合うタイプの球技では、個人のミスが特に目立つ。下手なパスやドリブルをしたらすぐにカットされてしまい、もちろん取り返すことはできないし、シュートなんて入るわけがない。

だから、とにかく自分のチームのメンバーに迷惑をかけないように、なるべくボールを回されないように、できるだけ目立たないようにこそこそと忍び足ですみっこを走る。

もしもボールが飛んできたら、もちろん頑張ってキャッチするけれど、たいていはカットされてしまう。たまに普通に捕れるときもあるものの、わたしのへぼいドリブルでは一瞬で奪われてしまうかミスってどこかに転がしてしまうので、とにかく誰でもいいから近くにいる味方のほうにパスするしかない。でもあんまりひどいパスだと捕られてしまう。

つまり、運動神経の鈍い人間は、なにをしても周りに迷惑をかけてしまうのだ。だから死ぬほど肩身が狭い。体育の授業なんて心底なくなってほしい。

そんなこんなで、今日のゲーム中もすこしでも迷惑をかけずにすむように、白い目で見られないようにと気遣いばかりしていたからか、終わったあとはひどく消耗していた。

「はあ、やっと休憩できるー」

麻美ちゃんが全く同じ感想を口にしたので、わたしは「だね」とうなずきつつ彼女と並んでコートを離れる。

出席番号順に分けられた女子3チームで、となりのクラスの女子チームと総当たりでゲームをする。

わたしたちのチームは最初の2試合に割り振られていたので、いきなり連続でゲームに参加することになり、もちろんなんの活躍もしていないのだけれどずいぶん気疲れしてしまった。

わたしと麻美ちゃんは体育館のはしっこの、周囲に人があまりいない、空いているスペースを見つけて、肩を並べて腰を落とした。

「しばらくは見るだけだから気楽だよね」

「うん、そうだね……」

麻美ちゃんの言葉にあいづちを打ちつつ、なにげなく向けた視線の先に、男子のゲームが行われているコートがあった。

「………」

そんなつもりはないのに、わたしの目はやっぱり勝手に彼の姿を探してしまう。

喜多嶋くんは、青いビブスを着てコートの中央あたりを駆けていた。ディフェンスのために自陣ゴールに戻るところらしい。

探していたくせに、いざ見つけるとどきりとしてしまう。

昨日の授業中、ふいに視線が絡まりあった一瞬を、そのとき向けられた笑顔を思い出して、さらにどきどきしてしまう。

記憶に染みついた微笑みを必死に意識から追い払った。

相手チームがシュートを外して味方ボールになったのに合わせて、喜多嶋くんはきゅっとシューズを鳴らして踵を返し、逆方向に走りだした。

走りながら、ボールを持っている仲間を振り返って見ていた。敵に囲まれた仲間が困っているのを察すると、すぐに「こっち！」と声をあげ片手を挙げる。

苦し紛れに投げられたパスボールが微妙な方向に飛んでいくやいなや、喜多嶋くんはさっと身を翻して駆けだした。そして元いた場所からずいぶん離れた場所で、相手チームの手も伸びている中で、無事にボールをキャッチした。

「やべえ、光希を止めろ！」

「入れられるぞ、絶対に行かせるな！」

すぐに相手チームの人たちが慌てたように駆け寄ってきて、喜多嶋くんを取り囲んだ。でも彼は低い姿勢で細かくドリブルをしながらディフェンスの網をかいくぐり、一気に集団を抜けて、そのままゴールのほうへと駆け抜けていく。

ゴール下には、長身のディフェンスが大きく両手を広げて、喜多嶋くんの行く先に立ちはだかっていた。でも彼はすこしもスピードを緩めることなく突っこんでいく。

相手がそれに合わせて一歩後退した瞬間、今度はぴたりと足を止め、くるりとターンして、ディフェンスが追いつく前にするりとシュートを放った。

シュッ、とボールがネットを通り抜ける音が静かに響く。まっすぐに落ちたボールが床に弾む。

一瞬の沈黙のあと、喜多嶋くんが「よっしゃ」と小さく笑うと同時に、体育館にはどよめきや歓声が沸きあがった。

わたしのとなりで麻美ちゃんも「すごいねえ、上手いねえ」と感心したように囁いた。

「喜多嶋くんってバスケ部だっけ」

麻美ちゃんが独り言のように言う。

「えーっと、どうだったっけ……」

わたしは興味もなさそうにそう返したけれど、それはとぼけただけで、本当は彼がテニス部だともちろん知っている。中学のときは軟式テニス部だったということも。

喜多嶋くんの噂は、なぜか不思議なほどに耳に飛びこんでくる——というか勝手に耳が拾ってしまうので、まともに話したこともないのに、彼のことはたくさん知っているのだ。

しばらくして終了の笛が鳴り響き、ゲームに参加していた男子たちがそれぞれの仲良しグループでコートの周りに散っていく。

わたしの目は、視界のはしっこで、もちろん喜多嶋くんをとらえている。

彼はいつも一緒にいる数人と、笑いながら、しゃべりながら、額の汗を軽くぬぐいながら、こちらへ近づいてきた。

わたしの心臓は、ばかみたいに暴れだした。

べつにわたしのところへ向かってきているわけじゃないのに。

かんちがいもはなはだしい。とんでもない思いあがりだ。

それでも、動悸をおさえられない。

しかも、さらに驚いたことに、ふたり分ほどの空間を空けて、喜多嶋くんがすぐそばに座ったものだから、心臓が今にも弾け飛びそうになった。

こうなるともう、そちらへ目を向けることもできない。

わたしは反射的に、麻美ちゃんのほうに身体を傾けてしまった。

彼が近くに来て嬉しいなんて、思う余裕もなかった。

いつも喜多嶋くんを盗み見ているくせに、いざ近くに来たら顔を向けることすらできないのだ。

もしかして、昨日ストーカーみたいにこそこそ見つめていたことについて、なにか言われるんじゃないか、責められるんじゃないか。喜多嶋くんはそんな人じゃないと知っているのに、そんな危惧さえ抱いてしまう。

あまりの気まずさに震えがきて、すこしでも距離をとりたくて、不自然にならないように、でも必死に身をよじらせる。

「どうしたの？　陽奈子ちゃん」

わたしの不審な動きに気づいて、麻美ちゃんが首をかしげてたずねてきた。わたしは慌ててごまかし笑いを浮かべる。

「あっ、いや、ここちょっと風が通って、肌寒くて……」

10月になりたしかに夏の気配は薄れ、秋らしくなってきてはいるけれど、さすがにまだ風が冷たい季節ではない。我ながらおかしなことを言っている。分かっているけれど、他に言いわけを思いつけなかったのだから仕方がない。

「ああ、そこドアが近いもんね。もっとこっち来る？」

彼女はいぶかしむこともなく、すこし横にずれてくれた。

「あ、ありがと。麻美ちゃん優しい……」

申し訳なさと感謝に心を震わせながら、軽く腰をあげた、そのときだった。

「危ない！」

コートのほうから声がして、はっとそちらへ視線を投げると、ボールがまっすぐにこちらへ飛んできていた。

あ、当たる、よけなきゃ、と頭では分かっているのに、あまりにも突然のことで、運動神経だけでなく反射神経まで鈍いわたしの身体は、まったく反応できなくて、硬直してしまった。昨日とまったく同じだ。我ながら情けない。

あっ、ととなりで麻美ちゃんがあげた小さな悲鳴を聞きながら、わたしは反射的に目をつむり、肩を縮める。

でも、覚悟していた痛みも衝撃もなかった。バシッという音が聞こえただけ。

「……っぶな」

真近で、耳もとで、かすれた低いつぶやきがこぼれる。

まちがいなく、喜多嶋くんの声だ。

驚いて目を開けたら、本当に、喜多嶋くんがいた。

しかも、呼吸の音が聞こえてくるくらいに、瞬(まばた)きの音すら聞こえそうなくらいに、すぐ近くに。

「……っ！」

わたしは声を失い、びくりと全身を震わせる。

おろおろと視線を泳がせると、彼の腕にボールが抱えられていることに気づいた。

「大丈夫？　羽瀬川(はせがわ)さん」

「えっ？　あっ、うん！」

突然話しかけられ、また震えてしまう。

わたしはなんとかそう答え、こくこくとうなずく。

「そっか、よかった」

ちらりと視線をあげると、喜多嶋くんはにこにこと笑っていた。

それからふいっと顔を背け、コートのほうにボールを柔らかく投げこむ。ぽんぽんと弾むボール。

「羽瀬川さん、光希、ごめーん」

と誰かが謝る声が聞こえてきて、喜多嶋くんが笑顔で「いいよー」と応える。わたしも反射的にこくこくうなずいた。

目の前を通りすぎるゲーム中の男子たちから「光希ナイスキャッチ！」「かっけー」などと口々におだてられて、喜多嶋くんは「やめろよ照れるじゃん」とおどけて返す。

そのにこやかな横顔を、わたしはじっと見つめる。

頭が真っ白で理解が追いついていなかったけれど、やっと状況がのみこめた。どうやら喜多嶋くんが、わたしに向かって飛んできたボールを、横から手を伸ばして受け止めてくれたらしい。

いや、べつにわたしをかばうためにボールを取ったわけじゃないに決まっているけど。たまたま近くにボールが飛んできたからキャッチしただけだろうけど。

分かっているのに、どうしてこんなにどきどきしてしまうんだろう。どうしてこんなに彼を見つめてしまうんだろう。

「陽奈子ちゃん、平気？　びっくりしたね……」

となりで麻美ちゃんがそう言ったので、わたしはやっと我に返り、彼の横顔へ視線を送るのをやめることができた。

平気、ありがと、と笑顔で応えつつも、全然大丈夫じゃない自分の鼓動の激しさに呆れている。

ふう、と知らぬ間に息をもらしていた。

「――大丈夫？　まだ動揺してる？」

ふいに反対側から、当たり前のように、まるで友達みたいに普通に話しかけられて、心底驚いた。

わたしはぎしぎしと首が軋むような不器用な動きでそちらに顔を向ける。

喜多嶋くんの薄茶色の瞳が、まっすぐにわたしを見ている。

しかも、こんな至近距離で。

しかも、わたしに話しかけてくれている。

カーストトップの喜多嶋くんが、どうしてわたしなんかに、普通に声をかけてくるんだろう。

さっきみたいな、あのときみたいな、偶然の突発的な出来事の最中なら分かる。

でも、そういうことがないかぎり、わたしと喜多嶋くんは、たとえ同じクラスに属していようと、一度たりとも言葉も視線も交わすことなく、一生関わりを持たなくたって不思議じゃないのに。

なのに、昨日みたいに普通にわたしに笑いかけてくれたり、こんなふうに話しかけてくれたりするなんて。

動揺と混乱で、どうにかなりそうだ。

「……えっと、あの、さっきは、ありがとう」

わたしはなんとか震える声を絞りだした。

本人にそのつもりがあったかどうかはさておき、結果として助けてもらったお礼を、まだちゃんと言えていなかったことにやっと気づいたのだ。

喜多嶋くんの言葉に対してまったく嚙み合っていない返事をしてしまったことにも気づいたけれど、今さらどうしようもない。

「いや、そんなこと、全然。災難だったね」

彼は微笑んでそう言った。

両方の口角がゆるくあがって、右頰に小さなえくぼができて、目尻が思いきり下がって。

優しい、優しい顔だった。

あのときの笑顔と同じ。

きっと、ずっと、忘れられない笑顔。

わたしは思わず目を背ける。うつむきがちに、ぼそぼそと答える。

「……うん。わたしが鈍いから、よけられなかっただけで……。ちゃんと試合見てなきゃだめなのに」

「羽瀬川さんは悪くないよ。たまたまだよ」

わたしははっと息をのんだ。

聞き覚えのある言葉。まさか、喜多嶋くんも、覚えているのだろうか。

いや、そんなはずはない。いくらわたしにとって特別なことでも、友達がたくさんいていつもたくさんの人に囲まれている彼にとっては、ありふれた出来事だったはずだ。時が経てばあっさり忘れてしまうような。

それなら、さっきの言葉は、偶然だろうか。

きっとそうだ。別に珍しい言葉じゃない。

ほんの一瞬の間にぐるぐるとそんなことを考えながら、わたしはふいと顔をあげた。

喜多嶋くんが、さっきよりもちょっといたずらっぽく、右の口角をあげた。えくぼが深くなる。

どきりと胸が弾む。それを自覚して、わたしは声もなく目を逸らし、膝をかかえ、うなだれた。

わたしには、彼の笑みに見とれる資格すらない。

ありがとう、とだけなんとか返し、わたしはそれきり彼のほうを見ることはできなかった。

＊

『もしも願いがひとつだけ叶うなら――』

たしかそんな歌詞で始まる曲を、昔聴いたことがあった。

もしも願いがひとつだけ叶うなら。

もしも神様が現れて、あなたの願いをひとつだけ叶えてあげようと言われたら、みんななにを願うのだろう。

わたしなら、なにを願うだろう。

そんなの、もちろん、決まっている。

神様。もしもわたしの願いをひとつだけ叶えてくださるのでしたら、どうか、お願いです。

どうかわたしに、彼に恋する資格をください。

どうか、どうか、彼を好きになっても許されるような、彼のことを好きな自分を許せるような、そんなわたしに変えてください。

無理だと分かっていても、そんな願いが思い浮かんでしまう。

なんて不毛なんだろう。

すべて、なにもかも、あの日の笑顔も、彼への想いも、全部、全部、きれいさっぱり忘れてしまえたらいいのに。

4　急展開

ああ、また、見てしまっている。

はっと気がついて、目を逸らした。

昼休み、麻美ちゃんと一緒にお弁当を食べながら、おしゃべりをしていた。

ふと教室の窓の外、中庭のほうへ視線を投げたとき、ベンチで仲間たちとじゃれあいながら笑い転げている喜多嶋くんを見つけた。すぐに視線を戻したはずなのに、気がついたら目を向けてしまっていた。

気が緩んでるな、と自分に呆れる。

あの日、体育のバスケのとき、数ヵ月ぶりに言葉を交わしたせいか、わたしは以前にもまして、喜多嶋くんのことばかり考えてしまうようになっていた。

気を取り直して、麻美ちゃんとの会話に集中する。

高校二年生の秋。話題は勉強のことになりがちだ。来週からは中間テストが始まるし、それが終わったら来年の受験へ向けて進路補習も始まるし、忙しくて大事な時期に入る。

そうだ、これから忙しくなる。人生がかかった大事なことを選択して、容赦なく選抜される時期だ。分不相応な想いにうつつを抜かしているひまなどないのだ。

「ねえ、羽瀬川さん」

いきなり頭上から、声が降ってきた。

聞き慣れてはいるけれど、自分に向けられたことはない声。

びっくりして目をあげた。

そこにいたのは、予想通りの人物で、わたしはさらにびっくりして目を見開いた。向かいに座っている麻美ちゃんも、目を丸くしている。

「え……わたし？」

「うん、そう、羽瀬川さん」

そう言って彼女は小さく首を傾けた。

その動きに合わせて、ゆるく巻かれたつやつやの長い髪が、小さく揺れる。まるで絵本の中のお姫様みたいな、いかにも手入れの行き届いたきれいな髪の毛。甘い香りまで漂ってくる。

同じクラスの白石（しらいし）さんだ。

白石紗綾（さあや）さん。誰もが認める学年一の華やかな美人で、性格も明るく活発で、クラスの女子の中心的存在。

もちろん、スクールカーストは文句なしのトップ中のトップ。

そんな彼女が、どうしてわたしなんかに声をかけるのだろう。わけが分からず、わたしは唖然（あぜん）と口を半開きにしていた。

「急にごめんね」

白石さんが、にこりと笑って言う。すべすべの頬に光が灯（とも）ったように見えた。思わず見とれてしまう。

「ちょっと訊（き）きたいことがあるんだけど、今いい？」

「え……っ、あ、うん」

「あ、ごめん、まだ食べ終わってないのか」

白石さんがわたしのお弁当箱に目を落とす。

「いやいや、全然、もうお腹いっぱいで、残すつもりだったから、全然いいよ」

嘘だった。普通に全部食べられるし、食べるつもりでいた。

でも、わたしのように常に上を見あげて、上位の人たちの機嫌を損ねないように、嫌われないように疎まれないように、ということばかり気にしている人間は、彼ら彼女らの言葉に対して首を横に振ることなど絶対にできないのだ。

わたしはお弁当箱に蓋(ふた)をして、彼女の話を聞く体勢を整えた。

すると白石さんはまたにこりと笑い、

「じゃ、ちょっと、ついてきてくれる？」

と言って踵(きびす)を返した。

てっきりこの場でなにか話をするのだと思っていたから心底びっくりしたけれど、わたしは条件反射で立ちあがる。

事態をのみこめない様子で目をぱちぱちさせて戸惑っている麻美ちゃんに、

「ごめん、ちょっと行ってくるね」

と声をかけて、白石さんの後を追った。

教室のドアから廊下に出ると、そこには白石さんを挟むようにして、ふたりの女子がいた。今井(いまい)さんと吉野(よしの)さんだ。

仲良しというより取り巻きというのか、いつも白石さんの周りにいて彼女の機嫌をとっているイメージだ。

「じゃ、行こっか」

白石さんがそう言って歩き出すと、今井さんたちも当然のようについていく。わたしも慌てて追いかけた。

＊

すたすたと歩いていく白石さんの、細い背中と風になびく髪だけを見つめて、黙々と足を動かした。

どこに行くの、なにをしに行くの。疑問は尽きないけれど、話しかけられる雰囲気ではない。

そもそも、話しかけられる雰囲気だったとしても、もちろんわたしから彼女に話しかけることはできないけれど。

連れていかれたのは、体育館裏だった。

背の高い木が並んでいて日当たりが悪く、薄暗くて湿っぽい。

当然ながら、人通りはない。生徒も先生も見当たらない。

昼休みの喧騒が、遥か遠くに聞こえる。

なんだこれ、とわたしは急激に混乱した。

これ、もしかして、ヤンキー漫画とかでよくあるやつじゃないか？　おまえ生意気なんだよ調子に乗るなとか言って、殴ったり蹴ったりされるような。

嫌な想像が頭をよぎった。

まずい、やばい、そんな言葉が次々と湧いてくる。

どくどくと心臓が暴れだす。

でも、身体はまったく動けない。

「ごめんね、こんなところで」

白石さんがくるりと振り向き、やわらかい声で、さわやかな笑顔で、そう言った。

想像していた険悪な空気ではなく、わたしはすこし安堵する。

でも、次の瞬間に空気は変わった。

「わたしのかんちがいだったら申し訳ないんだけどー……」

白石さんの目が細くなって、光が消えた。

「なんかさあ、羽瀬川さんって、光希のこと、最近よく見てない？」

「え……っ」

その声色で、やっと気づいた。気づいてしまった。

白石さんたちトップ女子グループは、当然ながら、喜多嶋くんたちトップ男子グループと仲がいい。いつも教室で固まって盛りあがっているし、体育祭や文化祭でもたいていまとまって動いていたし、修学旅行の自由行動も一緒に回っていた。

そして、白石さんはだいたい、喜多嶋くんの近くにいた。

思い返してみれば、彼女の目線はいつも彼に向けられていたような気もする。

もしかして、白石さんは、喜多嶋くんのことが。

「もしかして、羽瀬川さん、光希のこと、好きとか――」

「そんなわけない！」

彼女が言い終える前に、わたしは声をあげていた。

我ながら上ずった情けない声だった。

これでは逆に動揺していることをさらけだしてしまっているので、慌てて咳払いをして気持ちをなんとか落ち着ける。

「そんなわけないよ、そんな畏れ多いというか、とにかく全然、まったく」

わたしはへらへら笑いながらぶんぶん首を振り、両手もぶんぶん振り、必死に否定した。

数秒間の沈黙のあと、白石さんたち3人は顔を見合わせ、どっと笑い声をあげた。

「だよねー、そりゃそうだよねー」

と吉野さんが笑う。

「ほらあ、言ったじゃん、そんなわけないでしょって」

と白石さんも笑う。

「でもさー、ほら、念のため、確認しといたほうがいいかなって」

と今井さんも笑う。

「ほんっと恵梨奈って変なとこで心配性だよねー」

「だってわたし紗綾のこと大好きだから心配なんだもん」

「えー、ありがとー」

「でもほんとよかったー、わたしの早とちりだったみたいで」

今井さんがちらりとわたしを見て言った。

「絶対ないとは思ったけど、でももしそうだったら、さすがにちょっと、ねえ？」

3人の視線が突き刺さる。

わたしはびくりと肩をすくめる。

「そういえば中学のときさあ」

吉野さんがふいに口を開いた。

「学年でいちばんモテる男子にね、さすがに絶対釣り合わないだろって感じの女子が、なんかちょっと調子乗っちゃったのかな？　かんちがいしちゃったのかな？　分かんないけど、告っちゃったらしくてさ」

「わー、マジで？　いるよねー、そういう子」

「それでさ、その噂が女子の間で回って、なんていうか、ちょっといじめ的な？　感じになっちゃってて。わたしはクラスちがったし、たまに見かけたくらいだけど、なんかめっちゃ可哀想だったよー」

　吉野さんの言葉に、白石さんと今井さんも「可哀想ー」と眉を下げる。

「ブスこっち見んなキモいとか、あんたなんか相手にされるわけないじゃんとか言われて。鏡見てみなよって机の上に鏡置かれてたりしてー」

「えーやばーこわー」

「カワイソー。でもまあ自業自得かあ」

「分かる。恋愛は自由とか言うけどさ、なんていうか、ね？　誰でも好きになっていいわけじゃないもんね」

「まあ好きになるのは自由だけど、行動に移すのは自由ってわけじゃないよね。ほら、浮気とか不倫とかはダメなわけだし」

「アイドルにリア恋しても無理に決まってんじゃん、みたいな？」

「それそれ。身分ちがいの恋は叶わない、的なー」

　見ず知らずの誰かについての話だけれど、それはあくまでも表面だけで、実際には確実にわたしに向けられている言葉たち。

　牽制されているのだ。

　調子に乗るなよ、分をわきまえろよ、分かっているだろうな？　と暗に脅されているのだ。

やっぱり白石さんは、喜多嶋くんのことが好きなのだろうか。いや、もしかしたらわたしが知らないだけで、実はふたりは付き合っているのかもしれない。

それなのにわたしみたいな底辺が彼の周りをうろちょろしたり、彼のことをこっそり見つめていたりするから、不愉快だったのだろう。

目ざわりなやつだ、潰してしまえと思われたのだろう。まるで害虫のように。

向けられた言葉の棘が痛い。向けられた感情の毒が苦しい。

軽んじられて悔しい。悲しい。

でも、全部その通りだと思うから、なにも言えない。

資格のない人間が禁止行為をしたら、叩かれて当然だ。

自分がいちばん分かっているから、言い返すことなんてできるわけがない。

わたしにできるのは、彼女たちの非難を受け入れ、反省し、今後の行動を改めて、彼女たちの意に添うように生きることだけだ。

ふいに3人の会話がやみ、こちらへ視線が向けられた。3人とも真顔だったのでおそろしくなり、わたしは慌てて口を開いた。

「……わたしなんか」

震えてかすれる声をなんとか励ます。

「わたしなんかに、そんな資格ないって、ちゃんと分かってるから。たしかに喜多嶋くんはすてきな人だと思うけど、わたしには喜多嶋くんを好きになる資格なんてないから、好きになるなんて絶対ありえないよ」

なぜだか急に込みあげてきた涙を必死にこらえつつ、作り笑いを浮かべていたら、突然、

「——ちょっと待って、なにそれ」

背後から声が聞こえてきた。

叫んでしまいそうな口を押さえ、わたしは振り向く。

体育館の角あたりに、喜多嶋くんが立っていた。

彼は、見たこともないような表情をしていた。

いつも朗らかな、柔らかな笑顔を浮かべている喜多嶋くんが、静かに眉根を寄せ、唇を嚙んでいる。

「好きになる資格……？」

その問いかけも、ひどく静かだった。

聞かれていたんだ、と分かって、ざあっと血の気が引くのを感じた。

喜多嶋くんを好きになる資格なんてない、という言葉は、逆に彼に対して特別な想いを抱いているという証拠になってしまうんじゃないかと気づいたのだ。だって、好きでもなんでもなくて、気になってもいないのなら、好きになる資格なんて考えもし

ないだろう。

最悪だ。きっと喜多嶋くんは不快な気持ちになっているにちがいない。

鼓動が激しすぎて、胃がせりあがってくるような感じがして、吐きそうだった。

ごめんなさい、ちがうんです、と弁解しようと口を開く。でもその前に、喜多嶋くんは白石さんたちのほうへ目を向けた。

「……なんだか、ずいぶんひどい言葉がたくさん聞こえた気がしたけど」

責めるような口調でも、問い詰めるような口調でもなく、ただ淡々と事実確認をするように彼は言った。

白石さんが息をのみ、「や、」と小さくかすれた声で応える。

「べつに……なにも言ってないし。聞きまちがいじゃない？　うちらもう戻らなきゃだから、じゃ」

彼女がそう言って歩き出すと、今井さんたちも慌てた様子であとを追った。

3人が喜多嶋くんの横をすり抜けて、体育館の向こうへ消えていく。

ほっと全身の力が抜けた。

わたしは喜多嶋くんのほうを振り向いた。でも思いのほか距離が近くて、顔を直視する勇気はなく、うつむいて口を開く。

「あ……」

ありがとう、とお礼を言おうと思ったけれど、バスケのときと同じく彼からしたらわたしをかばったわけではないかもしれないし、だとしたら感謝されても困るだろう。

ちらりと目をあげて顔色をうかがってみると、彼はなんともいえない表情を浮かべていた。困ったような、戸惑っているような。

やっぱりわたしの一方的な好意に気づかれて引かれているんじゃないかという焦りが込みあげてきた。

「あっ、あのね、ええと……」

なにか言いわけをしなければと必死に言葉をひねりだす。

「わ、わたしには喜多嶋くんを好きになる資格なんてないって自分がいちばん分かってるから、だからあの、大丈夫だから、絶対に好きになんてならないから、安心して……ください」

うまく笑えているかは分からないけれど、とにかく笑顔でそう告げる。

でも、喜多嶋くんはほっとする様子もなく、ぐっと唇を噛んだ。それからこくりとつばをのみこみ、ゆっくりと口を開く。

「──好きになる資格って、なに？」

わたしは目を見開いた。

「それは誰が決めるものなの？」

静かにたずねられて、わたしは言葉に詰まってしまう。まさかその説明を求められるとは思わなかった。

「……や、えと、なんていうか、誰かが決めるってわけじゃなくて、最初から決まってるっていうか……」

「最初から？　決まってる……？」

彼は釈然としないような顔をしている。

「ほら、世界史で習ったインドのカースト制みたいな……。学校も、あれとちょっと似てて、ちがう身分の人とは交流とか恋愛とか、しちゃいけないって、雰囲気的に決まってる、というか……」

「身分？　学校の中で？」

そう問い返されて、やっぱり喜多嶋くんのような生まれながらのトップクラスの人は、位も資格も意識などしていないのだなとしみじみ思う。

ひとつ息をのみこんでから、そうだよ、とわたしは小さくうなずいた。

「所属がちがう人とは、必要以上に関わらないものだし、下の人間は上の人たちに好意も持っちゃいけないし……」

「――なんだよそれ」

びっくりするほど低い声で、喜多嶋くんがぽつりと呟（つぶや）いた。

怒っているように聞こえた。彼はとてもまっすぐな性格の人だから、こんなねじ曲がった考えをわたしが話したことで、怒らせてしまったのかもしれない。

そう思ってうかがうように見あげると、彼の顔に浮かんでいたのは怒りではなく、どこか悲しそうにも見える表情だった。

「同じ年で、同じ高校に通ってて、同じクラスにいて……」

囁くようなかすかな声で、喜多嶋くんはぽつぽつと語る。わたしはのまれたように彼を見つめる。

「それなのに、そんなふうに最初から線引きされてるなんて、寂しいし、悲しいよ」

わたしははっと息をのんだ。

寂しい、悲しい。まさか『上』の人がそんなふうに感じるなんて、思ってもみなかった。

だって、上の人からしたら、下の人間なんて目に入らないんじゃないの？　いてもいなくても同じなんじゃないの？

それなのに、どうしてそんなふうに感じるの？

唖然として言葉を失うわたしに、喜多嶋くんは「だって」と訴えかけるように声をしぼりだした。

「だって、あのとき、俺たちの間に、そんな線なんてなかっただろ」

「あのとき……」

まさか。わたしは信じられない思いでおうむ返しをする。

「……羽瀬川さん、もしかして、忘れちゃったの？」

喜多嶋くんが悲しそうに笑った。

「ミロを捜してくれたときのこと……」

わたしはひゅうっと息を吸いこんだ。

5　大丈夫

今年の3月、2年生への進級を控えた春休み。わたしは部活に入っていないので、春休みは課題もすくないし、毎日時間をもてあまして、だらだらと無為に過ごしていた。

そんなある日の昼下がりのことだった。「ひまなら買い物に行ってきて」とお母さんから夕飯のおつかいを頼まれ、近所のスーパーへ向かって、国道沿いの歩道を散歩がてらのんびり歩いていた。

そのとき、反対側の歩道を小走りで駆け抜けていく喜多嶋くんの姿を見かけた。

同じ高校とはいえ、彼とは話したことはおろか接点すらなかった。でも、入学当初からとても目立つ集団に入っていたので、彼の存在も名前もよく知っていた。

もちろん、だからと言って声をかけるはずもない。彼の名前を口にしたこともなかったし、そもそも住む世界がちがいすぎる。

地元で高校の人に遭遇するのは初めてで、驚くとともになんとなくテンションが上がってしまったけれど、彼がどこでなにをしていようと、わたしとは無関係だと思った。

それにしても喜多嶋くんがこんなところにいるなんて意外だった。高校はここから電車で30分以上離れた場所にあるため、家の近所で高校の知り合いに会うことは、地元中学出身者を除けば、ほとんどありえないことだった。

ちょうど国道を境に隣の学区になるので、もしかしたら喜多嶋くんはそちらに住んでいるのかもしれないなと思った。接点がなさすぎて、出身中学も知らなかった。

そういうわけで、通りの向こう側を走る彼に目を向けつつ、国道ごしにすれ違おうとしていたときだった。

初めはランニングでもしているのかなと思っていたけれど、よく見ると彼の服装はスポーツウェアではなく、チェック柄のシャツにジーパンという普通の外出着だった。

しかも、前を向いて走っているわけではなく、右左と常に視線を泳がせていた。

なぜ普段着で、きょろきょろしながら走っているのか。さすがに不自然で、気になった。

なにかを捜しているように見えた。しかも手ぶらで小走りなので、お店を探しているとかではなく、だれかを捜しているのではないかと思われた。

さらに言うと、彼の視線は人の目の高さではなく、足下のほうへ向けられている。落とし物を捜すのだとしたら走らずゆっくり歩くだろうから、やっぱり捜しているのは物ではなく、

「もしかして、ペットとか……？」

そう思い当たった瞬間、わたしは居ても立ってもいられなくなった。

無意識のうちに走りだし、横断歩道が青に変わるのをじりじり待って急いで反対側に渡り、彼の背中を追いかけた。

「き、喜多嶋くんっ！」

そう呼びかけるだけのことに、とんでもない勇気が要った。だって、一度も話したことがないし、目が合ったこともないし、雲の上の人なのに、いきなり名前を叫んで呼び止めるなんて。

まさかわたしが自分からカーストトップの人に声をかける日がくるなんて、そのときまで思いも寄らなかった。

でも、もしかしたらいなくなったペットを捜しているのかもしれないと思ったら、そんなわたしのつまらない葛藤なんて、どうでもいいことだと感じられたのだ。だから、なけなしの勇気を振りしぼった。

「え……」

喜多嶋くんは驚いたように振り向き、一瞬かたまって動きを止めた。

案の定、わたしが誰だか分からないようだ。わたしは目立たないよう目立たないように生きてきたのだからそれは想定内だった。

わたしはふうっと息を吐いて呼吸を整え、ぺこりと頭を下げた。

「初めまして、羽瀬川です」

「え？　あ、初めまして……」

喜多嶋くんが戸惑ったように応えた。

「あの、北高校の1年生の方ですよね」

わたしはなるべく快活そうな感じに見えるよう、頑張ってできるかぎりはきはきと話した。見知らぬ陰気な人にいきなり話しかけられたら嫌だろうと考えたのだ。

「えっ、あ、はい、そうです」

と彼はこくこくうなずいた。

「あ、やっぱりそうですよね、よかった。あの、わたしも北高1年で、ええと、あなたの顔を見たことがあったから……」

一方的に知られているのはもしかしたら気分がよくないだろうと、あまり知らないような口ぶりで話してみたものの、よく考えたら最初に思いっきり名前を呼んでしまったことを思い出して、軌道修正した。

「あ、うん、そうです。えーと、羽瀬川さんは、たしか5組だったっけ?」

わたしはびっくりしてぱちぱちと瞬き(まばた)をした。まさかわたしのことを認識してくれているとは思わなかったのだ。

「し、知ってたの……? わたしのこと……」

「うん、5組に仲いいやつがいて、たまに遊びにいくから。さっき声かけてくれたとき、なんか顔見たことあるなって。ごめん、名前までは知らなかったんだけど……」

わたしは言葉もなくぶんぶんと首を横に振った。わたしの名前なんて、同じクラスの中にもうろ覚えの人がいるかもしれないレベルだから、当然だ。

「あの、せっかくなんだけど、ごめん、俺いまちょっと急いでて……」

「あっ、うん、なんか捜しものしてるのかなって思って、それで声かけたの」

喜多嶋くんが「えっ」と声をあげた。

「なにか力になれないかなと思って……。よかったら、一緒に捜したり……とか」

今度は彼が首をぶんぶん振った。

「いやいや、いいよ、申しわけないから！　羽瀬川さん、買い物かなにか行くところなんじゃないの？」

喜多嶋くんが指さしたのは、わたしが右手にぶらさげているエコバッグだ。

「あ、うん、おつかい頼まれてるんだけど、全然急ぎじゃなくて、夜までに帰れば大丈夫だから、気にしないで」

そう言いながら、いつの間にか、快活な女の子を演じようという意識が消えていて、それなのにずいぶんしっかりと話せている自分に気がついた。いつもなら上位の人を相手にするとおどおど、ぼそぼそしゃべってしまうのに。

それくらい、喜多嶋くんは意外にも話しやすい人だった。

「本当に、いいの？」

彼はうかがうようにわたしを見た。わたしはこくこくとうなずく。

「……実は、緊急事態で、なるべく早く見つけたくて、人手があると助かる……申しわけないけど、協力頼んでもいい？」

わたしは「もちろん！」と大きくうなずいた。

＊

喜多嶋くんが捜していたのは、予想通り、ペットの猫だった。

ふたりで並んで早歩きをしながら、猫の特徴を確認する。

「身体は白と薄茶色のまだら模様で、しっぽは茶色。顔は白いんだけど、耳から目にかけては茶色で、目の色はちょっと緑がかった金色みたいな。あと、おとなの猫なんだけど身体は小さめで、体重3キロちょっとくらいで……」

彼が身振り手振りをまじえて話してくれるのを聞きながら、わたしは視線を左右に動かして、猫の姿を捜していた。街には意外と野良猫1匹いない。昼間はどこかに隠れているのだろうか。

喜多嶋くんの家はお父さんの仕事の関係で去年この街に引っ越してきたそうで、まだ土地勘がなく、どこをどう捜せばいいか分からなくて困っていたのだという。

「猫ちゃんの名前、聞いてもいい？」

名前を呼んだほうが捜しやすいかもと考えてそうたずねると、

「ミロって名前で、家族みんな『ミイ』とか『ミイちゃん』って呼んでるよ」

と喜多嶋くんは答えた。

格好いいと女子たちから騒がれている彼が、ミイちゃんという可愛らしい響きの呼び名を恥ずかしがる様子もなく口にしたことに、そのときわたしは心の中で、おお、と感嘆した。なんだか、感動したというか、胸を打たれた。

ミロちゃんのことをすごく可愛がっているのだろうということだけでなく、他人の目を必要以上に気にしたりしない素直でまっすぐな性格なのだろうということも感じ取れた。わたしなんて、常に周りからどう思われるかばかり気にしているのに。

「ミロちゃん、すてきな名前だね」

思わずそう言うと、喜多嶋くんはすこし照れたように「ありがとう」と微笑んだ。

「俺がつけた名前なんだ」

「そうなの。ミロのヴィーナスから？」

いや、と彼が一瞬口ごもった。

「あのほら、ココアっぽい飲み物のミロってあるだろ、粉を牛乳で溶かして飲む……」

「ああ、うん、分かるよ。そっちのミロなんだね」

「そうそう。俺、子どものころからあれがすげえ好きでさ、だから猫の名前つけていいよって言われたとき、まっさきに思い浮かんで。今でもたまに無性に飲みたくなるんだよなあ」

「わたしもミロ好きだよ、おいしいよね。なんか、他にはない味って感じがして」

なにげなくそう応えると、喜多嶋くんは今度はくすぐったそうな表情になった。

「この話するとさ、けっこう友達からは、『お前がつけた名前にしては可愛すぎる』とか『ミロが好きなんて子どもっぽい』とかって笑われたり、からかわれたりするんだけど……、羽瀬川さんはちがうんだね。なんか、ありがとう」

まさかお礼を言われるとは思わなくて、びっくりしてしまった。

たしかに喜多嶋くんは長身で、顔立ちも整っていておとなっぽい印象なので、主に子ども向けの飲み物というイメージのあるミロと聞くと、ギャップがある感じがしなくもなかった。

彼がマグカップでおいしそうにミロを飲んでいる姿を勝手に想像して、なんだか可愛いなあ、と微笑ましく思ったのをよく覚えている。今思えば、あのときから、じわじわと彼に惹かれていたのかもしれない。

ミロちゃんは、いつの間にか家からいなくなっていたのだという。外出していた喜多嶋くんが帰宅したら、家の中にいるはずのミロちゃんの姿が見当たらなかった。彼のご両親は共働きで朝から仕事に出ていて、しかもひとりっ子なので家には誰もおらず、いつからいなくなっていたのかも分からない。家の窓をすべて確認したけれどきちんと閉まっていたので、玄関のドアから外へ出てしまったものだと思われる。

可能性としては、喜多嶋くんが出かけるとき、または帰ってきたときに開けた玄関のドアから、知らぬ間にするりと抜け出してしまったか。

「家を出るとき、友達と電話してたんだ。だから鍵とかドアを開けるときはたぶん上の空で、足下なんて全然見てなかった。帰ってきたときは、よく覚えてないけど、たぶんスマホ見てたんじゃないかと思う。ミイは留守番のときはいつも客間に入れてドアを閉めとくんだけど、見たら客間のドアが開いてて、たぶんジャンプしてドアノブを動かしちゃったんじゃないかと思う。それでいつの間にか廊下に出てて、俺が玄関を開けたすきに……」

喜多嶋くんの声が苦しそうに小さくなっていった。建物の間の細い路地を覗きこみ、はあと溜め息を吐き出す。

「いったいどこに行っちゃったんだろう……」

なにか言葉をかけたいけれど、なにも見つけられなくて、わたしはただミロちゃんを捜す。

午後の国道は人通りも車通りも多く、警戒心の強い猫なら人目につかない場所で息をひそめていそうだった。

「……もしミイになにかあったら、俺のせいだ」

大きなトラックが猛スピードで真横を通りすぎた。ぶわっと風が吹いて、喜多嶋くんの髪が舞い上がる。

彼は道路のほうへ目を向けた。

「車に轢かれてたりしたら、どうしよう……全部俺のせいだ。なんでちゃんと確認しなかったんだろう、なんでちゃんと見てなかったんだろう……」

ぽつぽつと唇からこぼれる、ともすれば泣きだしそうな声。聞いているだけで胸が苦しくなった。

「喜多嶋くんは悪くないよ。たまたまだよ。大丈夫！」

気がつくとそう告げていた。

彼ははっとしたようにこちらを見た。

その言葉は、おじいちゃんがわたしに言ってくれた言葉だった。


子どものころ、祖父母の家で飼っていた柴犬のモモ。

年に数回の帰省のときに会えるモモは、老犬だったけれど元気で可愛くて、わたしはモモと遊ぶのが大好きだった。おじいちゃんがモモの散歩をするときは、いつもついていった。

小学生になった夏休みの帰省のとき、わたしは『もう一年生だからひとりで散歩できる！』と言い張って、一緒に行こうと言うおじいちゃんにわがままを言って、モモとわたしだけでおじいちゃんの家を出た。

すごく楽しかった。それに、子どもひとりで犬の散歩をしている自分が、急にお姉さんになったような気がした。

うきうきしながら道を歩いていたとき、道沿いの鉄工所から、ドーン！　と大きな金属音が鳴り響いた。

その瞬間、驚いたモモは、弾（はじ）かれたように走りだした。

リードを持っていたわたしは、急に勢いよく引っ張られたことでバランスを崩して転んでしまい、気がついたら手からリードが離れていた。

しまったと思うと同時に、びっくりするほど動悸（どうき）が激しくなった。

慌てて身を起こしながら『モモ！』と叫んであたりを見回すと、モモは車通りの多い道路を横断しようとしていた。

モモ、だめ、戻ってきて、と叫んだけれど、パニックに陥ったモモには届かなかった。あとから知ったことだけれど、モモは雷などの大きな音が苦手な子だったらしい。

わたしは急いで起きあがって走りだしたけれど、そのときにはもうモモは道路に飛びだしていた。

向こうから車が走ってきたのが見えて、どうしようああもうだめだモモが轢かれちゃう死んじゃう、と絶望した。

でも、実は心配してこっそりあとをつけてきていたおじいちゃんが、すぐにモモをつかまえてくれたので、事なきを得たのだった。

結果的にモモは無事で、その数年後に老衰で亡くなったのだけれど、あのとき、おじいちゃんがうしろから走ってきてモモを抱きかかえるまでの数秒間、わたしは死ぬほどの恐怖を味わった。

あの凍りつきそうな恐怖、燃えるような後悔、息もできないほどの絶望。

ほんの数秒のことなのに、何年経っても忘れられない、今まで生きてきた中で一番おそろしい時間だった。

おじいちゃんがモモを抱いてこちらへやってくるのを見て、わたしは火がついたように泣きだした。

モモを抱き寄せわんわん声をあげて泣きじゃくるわたしを、おじいちゃんはモモごと抱きしめてくれて、そして、あやすような声で言った。

『うんうん、怖かったなあ。びっくりしたなあ』

『おじいちゃん、モモ、ごめんなさい……！』

『ひなちゃんは悪くないよ、たまたまだよ。だーいじょうぶ。大丈夫、大丈夫……』

何度も繰りかえしながら、わたしが泣き止むまでずっと、頭や背中を優しく力強く撫でつづけてくれた。

あの優しさと、あたたかさ。全身の力が抜けるような安堵感。

あれは確実にわたしが悪かった。無力なくせにわがままを言ってモモを連れだしたわたしの責任だ。反省しているし、後悔している。

でも、あのとき感じた責任の重さと後悔の大きさ、罪悪感の深さと絶望の黒さに押しつぶされそうだった幼いわたしにとって、あれほど救われる言葉はなかった。

きっと今、喜多嶋くんもあのときのわたしと同じような気持ちでいるのだろう、と思った。その上、ミロちゃんはまだ見つかっておらず、安心できる材料もない。あの恐怖が何時間も続いているなんてどれほど苦しいだろうと考えると、わたしまで苦しくなった。

だから、せめて、ほんのすこしだけでも、きっと冷えきって硬くなってしまっている彼の心をあたため、やわらげることができたら、と思ったのだ。

「――大丈夫だよ。大丈夫」

だから、わたしは繰りかえす。

「一緒に捜そう、きっとすぐ見つかるよ」

ただの受け売りの、なんの根拠もないわたしの言葉に、喜多嶋くんは泣きそうな笑みを浮かべて、「ありがとう」とうなずいてくれた。

それから日が暮れるまで、街のあちこちを捜したけれど、ミロちゃんは見つからなかった。

喜多嶋くんは意気消沈して、ひとまず両親に説明しないと、と言いながら帰宅した。帰りぎわに、また明日も捜すというようなことを言っていたので、わたしも翌日は朝からミロちゃん捜しに出た。もちろん彼には黙って、ひとりで。というか、連絡先を知らないので伝えようもなかった。ミロちゃんのことが心配だったし、落ち込んでいる喜多嶋くんのことも気になってしまい、家にいても落ち着かなかったのだ。

捜している途中でばったり彼に会い、また一緒に捜したけれど、やっぱり見つからなかった。

翌日は近所の公園で待ち合わせ、ミロちゃんの写真を見せて聞き込みをしながら捜した。翌日も、その翌日も。

すこしずつ捜索範囲を広げていき、それでもなかなか見つからず、気づけば一週間が経っていた。

そして7日目の夕方、やっと有力な目撃情報を得て、隣町の公園まで足を運んで、とうとうミロちゃんを発見した。ミロちゃんは公園のトイレの裏、植木のかげにひそむようにして、じっと丸くなっていた。

「ミイ！　よかった、こんなところにいたのか！」

喜多嶋くんが歓喜の声をあげ、ゆっくりとミロちゃんに近づいていく。警戒心の強い猫は急激な動きを嫌うので、そうしたほうがいいのだと彼は言っていた。

ミロちゃんはちゃんと喜多嶋くんのことを分かっていて、彼が近づいてくるのを座りこんだままじっと見ていた。

そのとき、公園で遊んでいた子どもの中の数人が、「あっ、猫だ！」「猫がいる！」と興奮したように叫び、こちらへダッシュで駆け寄ってきた。

その瞬間、ミロちゃんは飛び跳ねるように立ちあがった。

「あっ、ミイ！　だめだ！」

喜多嶋くんが叫んだときにはもう、ミロちゃんはものすごいスピードで走りだしていた。

あまりのすばやさにわたしは驚いていたけれど、でもわたしの身体はすでにミロちゃんの向かったほうへ先回りするように駆けだしていた。

モモのことがあったので、ミロちゃんにも同じようなことがありえるかもしれないと予想していたから、すぐに動けたのだと思う。

ミロちゃんは子どもたちと反対の方向へと走っていき、そのまま公園の出口に向かった。細い歩道をはさんだその先はすぐ車道だ。

ぱっと視線を走らせると、車は来ていないようだった。わたしはショートカットして車道に出て、斜めに走ってくるミロちゃんを横から捕獲した。

小柄なミロちゃんは羽根のように軽かった。でもパニックを起こしてしまっていて、爪を出して激しく暴れている。また飛び出してしまったりしないように、羽交い締めにするように抱きしめた。絶対に絶対に離さないように。

「ごめん、びっくりさせてごめんね、でも危なかったから、ごめんね」

落ち着かせるように語りかけたものの、知らない人間にいきなり捕まって落ち着くわけがないのは分かっていた。

「ミイ!」

振り向くと、喜多嶋くんが駆け寄ってくるところだった。そちらへぐいっと身体を伸ばしたミロちゃんを差し出すと、彼は両手でしっかりと抱きとめ、それからぎゅうっと抱きしめた。

「よかった、よかった……!」

涙のにじむ声だった。なんとなく、見ないほうがいいかなと思い、わたしはさりげなく目を逸らした。

「羽瀬川さん、ありがとう!」

でも、すぐにそう言われたので、また目を戻した。

喜多嶋くんはミロちゃんを抱いたまま深々と頭をさげていた。

「えっ、そんな、そんな頭さげなくていいよ……逆に申し訳ないよ」

びっくりしてそう言うと、彼はやっと顔をあげてくれた。案の定、涙が頬を伝っていた。

「本当に、ほんっとうにありがとう！　もう、なんてお礼を言ったらいいか……この恩は一生忘れません！　これから先、羽瀬川さんのためならなんでもする！」

冗談でも大袈裟（おおげさ）に言っているのでもなく、本当に心からそう思ってくれているのが伝わってくる表情と声音だった。

そのあまりの必死さに、わたしは思わずくすりと笑ってしまった。

たぶん、他人からあんなに感謝されることは、あとにも先にもないだろう。それくらい彼は真摯（しんし）に、心をこめて、何度も何度も熱く感謝の気持ちを伝えてくれた。

あの喜多嶋くんが、こんなわたしに。

子どものころ無責任なわがままで、おじいちゃんの大事なモモを命の危機にさらしてしまったわたしなんかに。

目の前で涙を流しながらありがとうと繰りかえす喜多嶋くんと、きょとんとした顔で彼を見上げるミロちゃんの元気そうな様子と、今はもう会えなくなってしまった大好きなモモの面影と、いったいどれのせいなのか、全部のせいなのか、自分でも分からないけれど、気がついたらわたしの目からも涙がこぼれていた。笑いながら、泣いていた。

「え、なんで羽瀬川さんまで泣いてるの……」

気づいた喜多嶋くんが驚いたように言い、それからおろおろしはじめた。

「えっ、も、もしかして、どっか怪我した⁉　急に走ったから足くじいたとか⁉　あっ、ミイが引っかいちゃった⁉」

その慌てぶりがおかしくて、心配してくれているのが嬉しくて、わたしはとうとう声をあげて笑った。

「ちがう、ちがうの、全然大丈夫。どこも怪我なんかしてないよ。ただなんか、いろいろ思い出しちゃって、感慨深くて……」

あはは と笑いながらも、やっぱり涙は止まらない。そんな自分がおかしくてさらに笑いがこみあげてくる。

喜多嶋くんはしばらくぽかんとしていたけれど、その口角がじわじわとあがっていき、しゃぼん玉が弾けたように笑いだした。

「なんだよ、羽瀬川さん、めっちゃ笑うじゃん。クールなイメージだったからびっくりした～」

「ええっ、クール⁉」

意外すぎる評価にびっくりして声が裏返りそうになった。

「そうだよ、おとなっぽくて落ち着いてるイメージだった。のに、ミイのためにめっちゃ走るし、めっちゃ速いし、めっちゃ笑うし。イメージ180度変わった！」

「いや、おとなっぽいとかは全然ないけど、たしかにめっちゃ走ったね、わたし……」

ついさっきの自分を思い出すと、さらに笑いが湧きあがってきた。走るのなんか大嫌いだし、徒競走ではいつも出遅れたりビリだったりなのに、さっきのわたしのあの反応の早さとスピードは、いったいどうしたことか。

「羽瀬川さんって足速いんだな」

感心したように言われて、わたしはふるふると首を横に振った。

「ううん！　それはない！　いつもは本当に呆れるくらい鈍足なの。だからさっきのは自分でもびっくりした、ただの火事場の馬鹿力だよ」

真剣に否定すると、彼は「馬鹿力！」と大笑いした。そんなに面白いことを言ったつもりもないのに、本当に楽しそうに笑ってくれるので、恐縮なくらいだった。

ひとしきり笑ったあと、喜多嶋くんはミロちゃんを抱きしめて、

「……ミイのためにそんなに必死になってくれたんだよな。ほんとありがとう」

そう言いながら、また涙がこみあげてきたらしい。彼の目に、ガラス細工みたいな透き通った涙がにじむ。あんまりきれいで、わたしは目を奪われた。

そのときふっと風が吹いて、目の前になにか白くて丸いかけらが舞い落ちてきた。なんだろうと思いつつ地面に視線を落とすと、それは桜の花びらだった。

花びらの飛んできたほうへと目を向けると、さっきは慌てていたから気づかなかったけれど、公園の真ん中に、大きな桜の木があった。その桜の枝から落ちた花びらが、風にのってあちこちへはらはらと飛び、そこらじゅうに舞い踊っているのだ。

花吹雪の中で、喜多嶋くんがミロちゃんに優しく語りかける。

「ミイ、怖い思いさせてごめんな。頼むからもう脱走なんかすんなよ。俺もう本当にこの7日間でたぶん寿命7年くらい縮んだよ絶対……」

そして彼は感極まったようにぎゅうっとミロちゃんを抱きしめる。

「ああもうマジでどうなることかと思った！　ほんっと無事でよかった〜〜！」

喜多嶋くんの瞳からぽろりと涙がこぼれた。

風に踊る花びらの中で泣きながら笑う彼の、透明な光の粒みたいな涙の美しさと、弾けるような笑顔の明るさが、わたしの心を震わせた。

そのとき、ぽっと灯りが点ったように、じんわりと胸のあたりがあたたかくなった。

鼓動の音がやけに大きくなった気がした。

彼の顔を、なぜだか急に直視できなくなって、わたしは目を背けた。

あのときからずっと、喜多嶋くんのことが忘れられなかった。

6　秘め事

「あのときからずっと、羽瀬川さんのことが忘れられなかった」

「……へっ？」

あまりにも予想外の言葉に、わたしは耳を疑った。

てっきり喜多嶋くんは覚えていないと思っていた。たくさんの友達がいる彼にとっては、たった7日間、それも1日数時間ほど関わっただけの人間なんて、さほど重要ではないだろうと思っていた。ミロちゃんは無事に見つかって万事解決したことだし、あのときのことはすでに終わったできごととして、忘れるとまでは言わないまでも、記憶の引き出しの奥にしまわれているにちがいないと思っていた。

それなのに、忘れられなかったなんて。

「ミイがいなくなって、捜しても捜しても見つからなくて、俺はもう本当にパニックで、絶望的な気分だった。本当に本当に苦しかった。そのとき羽瀬川さんが声をかけてくれて、一緒に捜してくれて、俺の気持ちに寄り添う言葉をたくさんくれて、本当に本当に救われたんだ。あのときの羽瀬川さんの優しさとか、笑顔とか、ずっと忘れられなかった」

わたしは呆然としたまま彼の言葉に耳をかたむける。

「だから、2年になって同じクラスになれて、めちゃくちゃ嬉しかった」

「…………」

わたしはもう口をぱくぱくさせることしかできない。

あの喜多嶋くんが、わたしなんかと同じクラスで、嬉しかった？　信じられない。

ありえない。まさかこんなことが。

「なんとか話しかけて仲よくなりたいと思ってたんだけど、なかなか話しかける勇気が出なくて、話しかけようとすると緊張して動けなくなって……」

わたしなんかに話しかけるのに勇気なんていらないのに。緊張なんてする必要ないのに。どうして喜多嶋くんがそんなふうに考えるのか、まったく理解が追いつかない。

「全然目も合わないし……」

ちょっとうらめしそうに喜多嶋くんがつぶやいた。

それは、わたしのほうが必死に彼を見ないようにしていたからだ。見たら目を離せなくなるから、絶対にばれないときにしか見ないようにしていた。

「それはさておき、どっちにしろ直接話しかけるってなると緊張しちゃって無理そうだから、あのとき教えてもらった連絡先にメッセージ送るしかないかなって思ってたとき、たまたま羽瀬川さんが友達と話してるのを聞いて……、『恋愛には興味がない、今は勉強とか大切なことが他にたくさんあるし』って羽瀬川さんが言ってるのが聞こえてきて」

わたしは心の中で、そんなこと言ったっけと考えを巡らせる。思い出せない。

でも、いかにもわたしが言いそうなことだと思う。

本当は恋愛に興味津々……というか喜多嶋くんのことが気になって気になって仕方がなくて、毎日こそこそ盗み見ているくせに、だからこそ誰にもそんな薄汚れた気持ちを知られたくなくて、押し殺してひた隠しにして、恋愛なんて興味がないとうそぶき、好きな人なんていないと見せかけていた。

喜多嶋くんに好意を持っていることがばれないように必死だった。

だから、麻美ちゃんに対しても、恋愛の話は絶対にしなかったのだ。

「なんて真面目なんだろう、羽瀬川さんさすがって思って、なんか俺すげえ馬鹿っぽいなって自分のことが恥ずかしくなってきて、下心見え見えのメッセージなんて送ったら絶対引かれるだろって思って、結局なんも送れなくて……それからはただ遠くから見てることしかできなかった」

喜多嶋くんが「情けないよな」と力なく笑って言った。わたしはふるふると首を振る。

「でも、この前、世界史の授業中に目が合っただろ？　覚えてる？」

「あっ、うん……」

びっくりしすぎて心臓が止まりそうだったあの日。春休み以来はじめて彼と目が合い、笑いかけてもらったこと。覚えているに決まっている、あんなに嬉しかったことを、忘れられるわけがない。

「それまで羽瀬川さんはあんまり俺と関わりたくなくて目が合わないようにしてるのかなと思ってたから、あのとき目が合っても逸らされなかったのが本当に嬉しくて」

喜多嶋くんはすこし照れくさそうに言う。

「……そうだったの」

わたしが驚きと喜びに震えていたとき、彼も同じような気持ちだった？　やっぱりにわかには信じがたくて、ぼんやりとしてしまう。

「それで、次の日の体育のときも、今がチャンスなんじゃないかと思って、たまたまって感じをよそおって羽瀬川さんの隣に座って、機会を見つけて話しかけようとか思ってて、……やべえ、我ながらちょっとさすがにストーカーみたいだな……」

彼はさらに恥ずかしそうに笑う。わたしは言葉もなく首を振った。

まさかあえてわたしの隣を選んでいたなんて。完全にたまたまだと思っていた。

予想だにしなかったことばかりだ。この十数分の間に、まさかまさかと何度思ったことだろう。

ひとつ気づいたことがある。わたしはもしかしたら、相手の気持ちを確かめることも、向き合って目を合わせて言葉を交わすこともせずに、『きっとこう考えているのだろう、こう考えているにちがいない』と勝手に決めつけていたのかもしれない。自分の一方的な見解と感情で、相手の気持ちを決めつけていた。

ただただ、自分が傷つかないように。なにかを期待して、それが叶わないときのショックから、自分の心を守るために。

でも、それはとても傲慢なことだったのかもしれない。自分のことしか見えていない、視野の狭い考え方をしてしまっていた。

苦い思いを噛みしめつつ、喜多嶋くんを見つめる。

「それで、ちょっとだけど羽瀬川さんと話せたから、とにかく嬉しくて、めちゃくちゃテンションあがって、これからすこしずつ距離つめていきたいなとか思ってて……がっつきすぎててキモいよな、ごめん」

わたしは今度は力強くぶんぶんと首を振った。キモいといったらわたしのほうがよっぽどだ。

「まあ、そんな感じで、俺はずっと羽瀬川さんのこと忘れられなくて、なんとかもっと仲よくなれないかなって思ってたんだ」

「はあ……」

まるで他人ごとみたいな間抜けなあいづちを打ってしまった。本当に自分の身に起こっていることとは思えない。

「──それなのに、あんなふうに……」

かすかな笑みの浮かんでいた喜多嶋くんの顔に、ふっと影が落ちる。

「俺のことは絶対に好きにならないなんて言われたら、悲しいよ」

わたしは唇を噛み、ごくりとつばをのみこんだ。

一方的な勝手な憶測で、自分を守るための決めつけで、彼に悲しい思いをさせてしまっていたのか。

「じゃあ……」

わたしはかすれた声をあげる。

「──好きになっても、いいの？」

途中から、声が潤んでしまった。

これまでずっとずっと抑えつけていた想いが、まるで弾けるように一気に膨れあがる。

「わたし、喜多嶋くんのこと、好きになってもいいの？」

「……っ！」

喜多嶋くんが息をのんだ。

みるみるうちに滲んでいくわたしの視界のまんなかで、彼は目を見開き、頬を紅潮させている。

「なってくれたら、嬉しい……」

囁くようなその言葉が耳に届いた瞬間、やわらかく舞い踊る花吹雪に、全身を包まれたような気がした。

「……ごめんなさい。ちょっと嘘ついた。もう好きです……」

「俺も！」

わたしが言いきらないうちに、喜多嶋くんが手を挙げて叫んだ。

「俺も好きです！」

まるで授業中に発言するみたいに。運動会の選手宣誓みたいに。

「……あははっ！」

思わず噴き出すと、彼も照れたように笑った。

風に舞う桜の花びらみたいなふたりぶんの笑い声が、ひらひら、ふわふわ、青空へのぼっていった。

恋に資格なんていらないのかもしれない。

資格のない人間は恋をしたらいけない、なんてわたしの思い込みで、そもそも恋に資格なんてものは存在しないのかもしれない。

きっとそれは恋愛に限ったことではなくて。

わたしの目には何事も資格制に見えていた世界だけれど、本当はそうじゃないかもしれない。曇った目には、自分で曇らせた目には、真実は映らないから。

でも、ちゃんと磨いた曇りのない目で見たら、わたしがやってはいけない言動なんてないんじゃないか。他人の目を気にして、他人から白い目で見られるからという理由で『やってはいけない』ことなんて、ないんじゃないか。そう感じていたものは全部わたしの思い込みだったんじゃないか。

たとえば、わたしが体育のバスケのとき、ゲーム中にドリブルに挑戦したって、べつに罪にはならない。授業中にすすんで挙手や発言をしたって、可愛いシュシュで髪を結んだって、誰かからなにかを言われる筋合いもない。

白石さんから失礼なことを言われたとき、怒ったってよかったのかも。自分よりも可愛い女の子から牽制されたからって、誰かを好きな気持ちを諦める必要なんてなかったはずなのだ。

きっと、すべて、まやかしだった。

わたしがわたしに『してはいけないこと』と言い聞かせていたすべてが、『してもいいこと』だった。

わたし自身が勝手にわたしの可能性をせばめて、つぶしていた。

そのことに、やっと気づくことができた。

喜多嶋くんと出会えて、喜多嶋くんに恋をしたおかげで、気づくことができた。

恋をするために必要なのは、そして思うように生きるために必要なのは、きっと、ありのままの自分を認め、受け入れ、自分の気持ちに素直になる強さだけ。

心の中の自分と、ちゃんと真正面から向き合うこと。

自分を取り巻く世界と、ちゃんと真正面から向き合うこと。

見たくないものから目を逸らしたり、自分の気持ちをごまかしたり、自分に嘘をついたりしないこと。

きっとすべてはそこから始まるのだ。

新しい一歩を踏みだしたことで、曇っていた視界が晴れて、目に映る世界が一気に広がって、きらきらと輝きだした。

資格なんて、いらないんだ。

やりたいことをやっていいんだ。

言いたいことを言っていいんだ。

好きな人を好きになっていいんだ。
好きなら好きと伝えていいんだ。
世界は、こんなにも、自由だ。

7 灯し火

桜の花びらがはらはらと舞う中で、透き通った涙をぽろぽろとこぼしながら、彼女は見たこともないくらい嬉しそうな、幸せそうな笑みを浮かべていた。

その顔を見た瞬間、まるで火が灯ったように、胸の奥がぽかぽかとあたたかくなった。それから、頬がじわじわと熱くなった。

あのときの彼女の涙と笑顔の美しさを、俺はずっと忘れられずにいる。

きっと一生、忘れられない。

本書は角川文庫オリジナルアンソロジーです。

本文イラスト／みっ君
本文デザイン／長﨑　綾（next door design）

春恋（はるこい）

君（きみ）とわたしの7日間（かかん）

蒼山皆水（あおやまみなみ）／小鳥居ほたる（ことりい）／櫻（さくら） いいよ／汐見夏衛（しおみなつえ）／望月くらげ（もちづき）

令和6年 4月25日　初版発行

発行者●山下直久

発行●株式会社KADOKAWA
〒102-8177　東京都千代田区富士見2-13-3
電話　0570-002-301（ナビダイヤル）

角川文庫 24134

印刷所●株式会社暁印刷
製本所●本間製本株式会社

表紙画●和田三造

●お問い合わせ
https://www.kadokawa.co.jp/（「お問い合わせ」へお進みください）
※内容によっては、お答えできない場合があります。
※サポートは日本国内のみとさせていただきます。
※Japanese text only

ISBN 978-4-04-114622-4　C0193

◇◇◇

角川文庫発刊に際して

角　川　源　義

第二次世界大戦の敗北は、軍事力の敗北であった以上に、私たちの若い文化力の敗退であった。私たちの文化が戦争に対して如何に無力であり、単なるあだ花に過ぎなかったかを、私たちは身を以て体験し痛感した。西洋近代文化の摂取にとって、明治以後八十年の歳月は決して短かすぎたとは言えない。にもかかわらず、近代文化の伝統を確立し、自由な批判と柔軟な良識に富む文化層として自らを形成することに私たちは失敗して来た。そしてこれは、各層への文化の普及滲透を任務とする出版人の責任でもあった。

一九四五年以来、私たちは再び振出しに戻り、第一歩から踏み出すことを余儀なくされた。これは大きな不幸ではあるが、反面、これまでの混沌・未熟・歪曲の中にあった我が国の文化に秩序と確たる基礎を齎らすためには絶好の機会でもある。角川書店は、このような祖国の文化的危機にあたり、微力をも顧みず再建の礎石たるべき抱負と決意とをもって出発したが、ここに創立以来の念願を果すべく角川文庫を発刊する。これまで刊行されたあらゆる全集叢書文庫類の長所と短所とを検討し、古今東西の不朽の典籍を、良心的編集のもとに、廉価に、そして書架にふさわしい美本として、多くのひとびとに提供しようとする。しかし私たちは徒らに百科全書的な知識のジレッタントを作ることを目的とせず、あくまで祖国の文化に秩序と再建への道を示し、この文庫を角川書店の栄ある事業として、今後永久に継続発展せしめ、学芸と教養との殿堂として大成せんことを期したい。多くの読書子の愛情ある忠言と支持とによって、この希望と抱負とを完遂せしめられんことを願う。

一九四九年五月三日

角川文庫ベストセラー

君がオーロラを見る夜に　いぬじゅん

チルチルサクラ
～桜の雨が君に降る～　いぬじゅん

わたしは告白ができない。　櫻　いいよ

きみが見つける物語
十代のための新名作　スクール編　編／角川文庫編集部

きみが見つける物語
十代のための新名作　恋愛編　編／角川文庫編集部

市橋悠希は、いつかオーロラを見たいと願うも、その気持ちは報われず。そんな彼の前に現れた空野碧は、悠希の手を引っ張り、オーロラを探す旅へ出る。そこに待っていたのは、キラキラと輝く奇跡だった。

自分に自信のない姫花は、高校に入学し、桜の下で運命的な出会いをする。けれど自分なんて、素敵な彼には釣り合わない。そんな時、事故に遭いそうになった姫花は、死の期限を延長されたと聞かされて……。

渡せずに持ち歩いていた風紀部部長へのラブレターが紛失。それに気づいた本人が探し出すと言い出して……。なぜか告白ができない平凡女子とイケメン風紀部部長とのドタバタ告白恋愛ミステリ！

小説には、毎日を輝かせる鍵がある。読者と選んだ好評アンソロジーシリーズ。スクール編には、あさのあつこ、恩田陸、加納朋子、北村薫、豊島ミホ、はやみねかおる、村上春樹の短編を収録。

はじめて味わう胸の高鳴り、つないだ手。甘くて苦かった初恋――。読者と選んだ好評アンソロジーシリーズ。恋愛編には、有川浩、乙一、梨屋アリエ、東野圭吾、山田悠介の傑作短編を収録。